Alexander M. Wessely

Passion

Der Inspektor ermittelt

Für Lilia und Aurelian

I

„Tatsächlich," sagte der Inspektor zu sich selbst, als er am Schotterparkplatz hoch über dem Veranstaltungsgelände des mächtigen Steinbruches von Sankt Magdalena aus seinem Auto ausgestiegen war und hinunter auf eine Bühne, auf welcher Mauern und Tore aufgebaut waren, blickte. „Es war also doch kein Scherz." Hoch oben, über einer Felswand, welche die Bühne überragte, stand vor einem Baum mit zartgrünen Blättern ein Kreuz und auf diesem Kreuz hing ein Toter.

Der Inspektor hatte es in der Früh tatsächlich zunächst für einen Scherz gehalten, allerdings für einen recht makabren, als er den Anruf eines Kollegen erhalten hatte, dass ein Toter gefunden wurde, der scheinbar gekreuzigt worden war.

Nun stand der Inspektor da und blickte hinunter auf die Bühne und dann gleichzeitig wieder hinauf zum Kreuz, oder besser gesagt zu dem Gekreuzigten, der mit einem roten Kapuzenpullover und schwarzen Jeans bekleidet am Kreuz hing.

Die Passionsspiele, die hier alle paar Jahre einmal aufgeführt wurden und schon bei der Ortseinfahrt durch große bunte Plakatwände, sowie durch eher nüchtern gehaltene kleine Fähnchen an den Straßenlaternen des Ortes angekündigt und beworben wurden, waren dem Inspektor ehrlich gesagt kein Begriff, eher die Opernaufführungen, welche auf einer anderen Bühne im Gelände Jahr für Jahr mit großem Erfolg gezeigt wurden und von welchen seine Verwandten immer wieder sprachen. Er selbst war aber noch nie da gewesen. Für so etwas hatte er keine Zeit und noch dazu war er am Abend stets müde. Außerdem fand er es nahezu unerträglich, wenn stundenlang gesungen wurde, noch dazu von Darstellern, die mit einem Dolch im Herzen fünfzehn Minuten lang in schrillen Tönen ihr Schicksal besagen, bevor sie endlich theatralisch starben. Seine Toten, deren Schicksal er aufzuklären hatte, hatten bis jetzt alle einen schnellen Tod gehabt und waren meistens erschossen, seltener aber erstochen oder vergiftet worden. „Ein Gekreuzigter ist eine Premiere," sagt der Inspektor leise zu sich selbst, „passend für den Mord auf einer Bühne."

Es regnete an diesem Morgen und der Inspektor stellte sich den Kragen seiner Regenjacke auf, was allerdings mittlerweile sinnlos war, denn er war bereits völlig durchnässt. Er griff in seine Hosentasche, nahm ein Ingwerzuckerl heraus und wickelte es kompliziert aus. Dabei blickte er immer wieder zum Toten am Kreuz und auf das Gewusel unzähliger Uniformierter und anderer Personen, die er noch nicht zuordnen konnte und die sich auf der ganzen Bühne und im Zuschauerraum, der mit unbequem aussehenden Metallsesseln bestückt war, verteilten. Oben beim Kreuz, auf welchem die Leiche hing, werkten gerade die Kollegen der Spurensicherung, die in ihren weißen Kunststoffoveralls leicht zu identifizieren waren. „Die sind wenigstens vom Regen geschützt," murmelte der Inspektor, das Zuckerl in seinem Mund hin- und her schiebend. Dabei machte er sich Sorgen, ob aufgrund des starken Regens noch verwertbare Spuren gefunden werden konnten. Nach einigen Augenblicken, in welchen er sich einen Überblick des Geländes zu verschaffen suchte, ging er einen geschotterten Weg durch den Regen hinunter direkt zur Bühne. Der Geschmack des Ingwerzuckerls vermischte sich im Mund mit dem Geschmack des Kaffees, den er sich bei einem Automaten einer Autobahnraststation geholt hatte, nachdem er wieder mal vergessen hatte Kaffee für zuhause einzukaufen.

Mühsam kletterte er unter dem vom Wind hin- und hergerissen Absperrband durch, welches nun das Areal als polizeilich gesicherten Tatort auswies, aber hier überhaupt keinen Sinn mehr ergab, war doch das gesamte Gelände schon am oberen Parkplatz durch Kollegen der örtlichen Polizei abgesperrt worden. Auch die Tatsache, dass sämtliche Einsatzfahrzeuge nach wie vor Blaulicht eingeschalten hatten, fand er reichlich übertrieben.
„Guten Morgen, Herr Inspektor," sagte ein Uniformierter, der den Inspektor schon von Weitem gesehen hatte und zu ihm gekommen war. „Wir haben einen Toten." Dabei zeigte er mit seinem Finger hinauf auf zu dem Kreuz hoch über ihnen. „Was sonst, wenn ich da bin," sagte der Inspektor leise. Dennoch

bedankte er sich höflich und biss auf das Ingwerzuckerl, welches krachend in seinem Mund zerbarst. „Wissen wir, wer der Tote ist, beziehungsweise gibt es irgendwelche Hinweise?“ „Ja, das ist Christoph Dreher, hier aus Sankt Magdalena. Einer der beiden Jesus-Darsteller der heurigen Passionsspiele. Weitere Hinweise haben wir noch nicht, Herr Inspektor,“ sagte der Beamte. „Wer hat ihn gefunden?“, wollte der Inspektor wissen. „Der Bühnenmeister der Opernfestspiele,“ antwortete sein Gegenüber, „ich hole ihn her.“ Der Beamte ging durch einige Zuschauerreihen hindurch zu einer Gruppe von Uniformierten, die etwas abseits vom Tatort ihre Zigaretten rauchten. Auch ein Mann in ziviler Kleidung stand daneben, die Kapuze seiner Regenjacke schützte ihn vor dem immer stärker werdenden Niederschlag.

Der Inspektor ließ seinen Blick über die Bühne und schließlich wieder hinauf zum Toten am Kreuz streifen. Der Abhang, auf dem das Kreuz aufgestellt war, war sicherlich zehn bis zwölf Meter über dem Bühnenboden und konnte wohl nur über den breiten Weg, der schräg zur Bühne verlief oder das

Hintergelände der Bühne erreicht werden.

Obwohl der Inspektor berufsbedingt schon unzählige Tote und auch mitunter brutal zugerichtete Mordopfer gesehen hatte, konnte er seinen Blick vom Toten am Kreuz nicht lassen. Zugegeben, das Kreuz war ihm wohlvertraut, es begleitete ihn durch seine Volksschulzeit, wo es im Klassenraum direkt neben dem Bild des Bundespräsidenten und der ersten Strophe der Bundeshymne aufgehängt war und auch im Gymnasium schaute ein Teil des Kreuzes hinter dem beschichteten blaugrauen Verdunkelungsvorhang hervor, welcher immer dann zugezogen wurde, wenn der Overheadprojektor eingesetzt oder ein Film gezeigt wurde. Bei Wegkreuzen beim Wandern oder Radfahren blickte der Inspektor, wie es ihm anerzogen wurde, stets auf, ebenso wenn er bei einer Kirche vorbeikam. Er erinnerte sich sogar an das Kreuz vis-a-vis seines Krankenbettes, als er im Alter von fünf Jahren eine Woche lang wegen einer Leistenbruchoperation im Spital sein musste. Er hatte sich wie viele Mitbürgerinnen und Mitbürger des Landes so an den Anblick des Kreuzes gewöhnt, dass er es sich nicht vorstellen konnte einen Gekreuzigten in der Realität zu sehen. Aber nun hing da wirklich ein Toter am Kreuz.

„Das ist Eberhard Edelsberger," sagte der Beamter von vorhin, „er hat den Toten gefunden."
Der Inspektor schaute den Mann an, dessen Kopf mit einer schwarzen Kapuze seiner Regenjacke bedeckt war. Regentropfen glitten am Kapuzenrand herunter und sammelten sich dort so lange, bis sie schließlich herunter rannen. „Edelsberger," sagte der Mann, „ich bin hier der Bühnenmeister." Dabei schüttelte er dem Inspektor die Hand. „Herr Edelsberger, wann haben sie den Toten gefunden, beziehungsweise ist ihnen etwas Besonderes aufgefallen?", wollte der Inspektor wissen, während er ein Fläschchen mit Desinfektionsmittel aus seiner Tasche nahm und die Flüssigkeit auf seinen Händen verteilte. „Ich war heute schon etwas früher da," sagte Edelsberger und schob die Kapuze zurück, sodass sein freundliches Gesicht zu erkennen war, „es hat heute in der Nacht so

viel geregnet, dass ich nachsehen wollte, ob wir heute wie geplant mit dem Aufbau des Bühnenbildes für die Oper auf der oberen Bühne beginnen können." Er hielt kurz inne. „Rigoletto," sagte er schließlich geheimnisvoll. „Ah schön," sagte der Inspektor, „ich liebe Mozart." „Verdi," besserte ihn Edelsberger schnell und etwas peinlich berührt aus. Dabei öffnete er eine Mappe, die er bis jetzt unter seinem Arm geklemmt hatte. „Sehen sie, Herr Inspektor," sagte er und hielt diesem eine Skizze hin. Der Inspektor betrachtete das Blatt. Darauf war eine große Torte abgebildet, ein großes Stück eines Gugelhupfs und links schräg davor eine Schaumrolle mit drei Punschkrapfen. Dazwischen waren scheinbar Krümel des Gugelhupfes zu sehen, rechts oben im Bild war ein großes Messer zu erkennen. „Das wird das neue Bühnenbild für Rigoletto," sagte Edelsberger voller Vorfreude und hörbarem Stolz. „Die Torte ist Mantua. Verstehen sie, Herr Inspektor? Allein die Torte wird vierzehn Meter hoch werden, die Schaumrolle kann man nach allen Seiten drehen und sie von innen beleuchten. Die Schaumrolle ist das Bett des Herzogs. Das Stück des Gugelhupfs ist auch von innen bespielbar und wird das Haus des Rigoletto. Das Messer...," er machte eine kunstvolle Pause und erhob seinen Zeigefinger, „das große Messer ist schließlich für die Szene mit Sparafucile. Es kann direkt von dem hohen Felsen heruntergeklappt werden, so dass der gedungenen Mörder direkt auf Gilda zulaufen und ihr den tödlichen Herzstich verpassen kann, während die Krümel des Gugelhupfes hydraulisch rechts und links wegbewegt werden." Der Inspektor schaute verwirrt und ungläubig auf das Blatt und lauschte mit Verwunderung den Erzählungen des Bühnenmeisters. Eigentlich war er wegen eines Mordes hier und nun hatte er eine Nachhilfestunde aus der Welt der Oper, wie sie Marcel Prawy hätte nicht besser geben können. Edelsberger bemerkte die Verunsicherung. „Es ist halt einmal etwas komplett anderes," sagt er fast entschuldigend, „so eine Inszenierung von Rigoletto gibt es sonst auf der ganzen Welt nicht." „Wird sicher beeindruckend," stimmte der Inspektor zu, wobei leichter Zweifel in seiner Stimme mitklang, „wird aber nicht ganz billig sein, oder?"

„Ja, Herr Inspektor," antwortete Edelsberger,

„mit dem, was das kostet, baue ich jedem von uns ein großes Haus. Qualität hat eben ihren Preis und die Firma Sommer steht für Qualität. Dafür ist sie bekannt.“ Er begann mit seinen Fingern zu zählen. „Die Kosten für die statische Berechnung, die Umsetzung des Entwurfes, die Herstellung, der Transport und natürlich auch das Werkzeug für die Montage. Das ist nicht gerade billig.“ Er deutete mit seiner Hand in Richtung der großen Bühne, welche auf der anderen Seite des Steinbruchs, schräg hinter dem Kreuz, auf welchem noch immer der Ermordete hing, lag. Dort standen drei große Baustellencontainer. „Letzte Woche erst hat man bei uns eingebrochen und fast das ganze Werkzeug gestohlen,“ sagte der Bühnenmeister. „Nicht nur, dass dies ein großer finanzieller Verlust ist, war es gar nicht einfach alle Werkzeuge in kurzer Zeit wieder zu beschaffen,“ erzählt Edelsberger noch immer auf den Container zeigend. „Seit damals haben wir aber Videokameras, die das ganze Gelände überwachen sollen.“ Der Inspektor horchte auf und sah vom Baustellencontainer, welchen er in der letzten Minute angestarrt hatte, wieder zu

Edelsberger. „Es gibt also Videokameras?“ „Ja,“ antwortete Edelsberger, „aber leider sind sie noch nicht angeschlossen. Der Techniker ist krank geworden und die Firma kann uns erst morgen jemanden schicken.“

Hatte der Inspektor gerade noch für einen Augenblick gehofft, dass sich der Fall schneller klären würde als gedacht, war diese Hoffnung nun innerhalb kürzester Zeit wieder wie eine Seifenblase zerplatzt. „Und die Eingänge? Waren die Eingänge ins Gelände alle verschlossen, als sie heute in der Früh in den Steinbruch kamen?“, fragte der Inspektor fast resignierend. „Ja, so wie immer, wenn auch die Firma unten im Gelände, die hier noch Sandstein abbaut, keinen Betrieb hat. Aber das hat nichts zu bedeuten. Abgesperrt war als eingebrochen wurde auch,“ gab der Bühnenmeister zur Antwort.

„Danke Herr Edelsberger,“ murmelte der Inspektor und drehte sich von ihm weg, um ein paar Schritte auf dem knirschenden Schotter zu gehen, „halten sie sich bitte zu unserer Verfügung, falls wir noch etwa brauchen sollten.“ Eigentlich hasste der Inspektor diesen Satz, aber die Leute schienen ihn von einem Kriminalbeamten zu erwarten, also wollte er dem Klischee seines Standes entsprechen.

„Wir wären dann fertig," wurde er in seinen Gedanken unterbrochen, „also, man könnte ihn dann vom Kreuz abnehmen, sollten sie ihn nicht mehr oben brauchen," sage der Kollegen der Spurensicherung, an dessem weißen Plastikoverall der Regen abperlte. „Danke," murmelte der Inspektor und ging nochmals einige Schritte in die Richtung des Kreuzes, um zu dem Toten hinaufzublicken.

Die Kleidung klebte klitschnass am Körper des Verstorbenen, die Haare, die vom Regen durchnässt waren, hingen in Strähnen über das Gesicht. Wuchtige Nägel waren durch die Handwurzeln getrieben und die Füße waren parallel angenagelt worden. Hier drangen die Nägel durch die schwarzen Sportschuhe, deren Schuhbänder offen waren und herabhingen. Das Blut war längst schon vom immer stärker werdenden Regen abgewaschen.
Sonst konnte der Inspektor nichts Außergewöhnliches bemerken, außer eben einen Gekreuzigten. Den ersten und

wahrscheinlich auch letzten Gekreuzigten in seiner Karriere als Kriminalbeamter. „Ja, ich brauche ihn nicht mehr, also ihr könnt ihn abnehmen."
Ratlos blickten sich die Kollegen der Spurensicherung und andere Beamte, die hinzugetreten waren, an. „Und wie?", fragten sie. „Keine Ahnung," sagte der Inspektor, „ich habe ja auch noch niemanden vom Kreuz abgenommen." Er ging einige Schritte von der Gruppe weg, der Schotter knirschte noch unter seinen Schuhen, welche nun auch schon leicht das Regenwasser durchließen.

„Bei den Passionsspielen machen sie es immer so, dass sie ein Tuch unter den Achseln des Darstellers durchschlagen und hinten am Kreuz fixieren und ihn dann so langsam vom Kreuz lassen," unterbrach Edelsberger das fragende Schweigen der Beamten, „so wäre es sicher die beste Lösung, denke ich." Ohne eine Antwort abzuwarten, machte er sich auf den Weg in Richtung eines Tores im Bühnenbild. „Ich glaube, ich habe das Tuch unten bei den anderen Requisiten gesehen, weil ja auch schon hier im Steinbruch geprobt wird." Er

richtete sich wieder die Kapuze seiner Regenjacke und verschwand im Tor.
In einem Gang, der direkt an das Tor anschloss standen etliche Plastikkisten, in welchen unzählige Requisiten und Utensilien für die Passionsspiele aufbewahrt wurden. Auch rechts und links der Kisten standen unzählige Krüge, Körbe mit Plastikobst und Becher. Neben einer Schriftrolle lag der Geldbeutel des Judas und ein, vom durch die Holzdecken der Konstruktion eindringenden Regens durchnässtes Textbuch. „Warum Schauspieler, egal ob Profis oder Laien, niemals ihre Requisiten ordentlich ablegen können," ärgerte sich Edelsberger und begann in sämtliche Kisten hineinzuschauen. „So, aber jetzt habe ich es!", hörte man ihn schließlich fast triumphierend nach einiger Zeit aus dem Gang rufen.

Er kam wieder aus dem Tor heraus und hatte ein Tuch in der Hand, welches etliche Male gefaltet war. Er drückt es einem Beamten in die Hand und erklärte mit ein paar Worten und etlichen Handbewegungen, wie das Tuch um den Toten zu legen sei, dass man ihn gut vom Kreuz nehmen könne. Die Beamten der

Spurensicherung und die anderen Uniformierten stapften daraufhin mit dem Tuch hinauf zum Kreuz.
Es war ein Glück, dass auch noch die Leiter, welche bei den Proben für die Szene mit der Kreuzigung verwendet wurde, neben dem Kreuz an einer Felswand angelehnt war. Einer der Beamten kletterte, nachdem er sich neue Einweghandschuhe angezogen und die Leiter ans Kreuz angelehnt hatte hinauf und versuchte das Tuch so um den Leichnam zu legen, wie es ihnen Edelsberger erklärt hatte. Nachdem dies geschehen war gab er den anderen Beamten, welche unter dem Kreuz standen, ein Zeichen und sie reichten ihm einen Hammer hinauf, welchen ihnen Edelsberger aus dem Werkzeugcontainer gebracht hatte. Mit dem Hammer trieb nun der Beamte die Nägel, mit welchen der Verstorbene am Kreuz fixiert war, aus dem Holz.

Einen Augenblick schaute der Inspektor noch hinauf zum Kreuz, dann stampfte er in die Richtung, wo sein Auto parkte. Von Weitem konnte er die dumpfen Hammerschläge hören und als er sich abermals umdrehte, sah er, wie der Leichnam des Ermordeten, vom Tuch gehalten, langsam vom Kreuz herabgelassen wurde. Es war ein seltsamer Anblick den der Inspektor hier zu Gesicht bekam. Er kramte abermals in seiner Hosentasche, um nach einem weiteren Ingwerzuckerl zu suchen, ohne vom Geschehen beim Kreuz wegzusehen. Es war makaber und feierlich zugleich. Der Tote wurde schließlich auf eine Bahre gelegt und weggetragen.

Der Inspektor drehte sich um, dann nahm er seinen Autoschlüssel und setzte sich in den Wagen. Am Tatort selbst konnte er jetzt nicht mehr viel tun, außerdem waren noch zu viele Leute vor Ort, sodass es sich nicht wirklich konzentrieren konnte.

Unaufhaltsam prasselte der Regen auf das Autodach und lief über die Fenster des Autos hinunter. Der Inspektor nahm sein Notizbuch zur Hand und bemerkte, dass es nur noch über einige leere Seiten verfügte. Diese sollten aber ausreichen, um sich die ersten Notizen zu machen.

In dem Augenblick als er das Büchlein wieder zuklappte, klopfte es an der Fensterscheibe seiner Autotür. „Also ich wäre dann auch fertig," sagte der Gerichtsmediziner, den der Inspektor zuvor in der Menge der Beamten und der Kollegen der Spurensicherung überhaupt nicht wahrgenommen hatte.

„Und gibt es schon irgendwelche Erkenntnisse?", fragte der Inspektor. „Nur so viel," sagte der Mediziner und wischte sich den Regen aus seinem Gesicht, „der Tote ist wahrscheinlich nicht am Kreuz verstorben, sondern dürfte schon tot gewesen sein, als man ihn da hinauf gehängt hat. Aber der Regen hat das ganze Blut abgewaschen, dass ich das noch nicht mit hundertprozentiger Sicherheit sagen kann."

Der Inspektor hob eine Augenbraue hoch. „Und wie dann?", fragte er. „Ich nehme an durch einen Schlag auf den Hinterkopf," antwortete der Mediziner. „Mehr kann ich natürlich aber erst nach der Obduktion sagen," sagten er und der Inspektor gleichzeitig wie bei einem Theaterstück. Beide mussten lachen. „Wann bekomme ich das Ergebnis?", wollte der Inspektor schließlich knapp wissen. „Ich versuche mich wie immer zu beeilen, aber ich habe im Moment wahnsinnig viel Kundschaft und es ist gerade Urlaubszeit. Bei uns wird zurzeit so manches auf Eis gelegt," wagte der Gerichtsmediziner einen makabren Scherz. „Ich verstehe," murmelte der Inspektor lächelnd, „geben sie mir bitte Bescheid, wenn sie etwas wissen."

Noch einmal streiften seine Augen über das ganze Gelände, bevor er den Autoschlüssel im Zündschloss drehte und langsam wegfuhr.

Kaum war er ein paar Meter gefahren, kam ihm ein größerer Mann entgegen, der, nachdem er mit dem jungen Beamten, welcher am Schranken bei der Einfahrt in das Gelände positioniert war, gesprochen hatte, ins Gelände vorgelassen wurde. Er trug eine schwarze Hose und eine dunkle, ärmellose, wattierte Jacke, darunter ein schwarzes Hemd. Der Inspektor stoppte seinen Wagen und öffnete das Fenster seiner Autotür. „Darf ich fragen, wer sie sind?", wollte er von dem Mann wissen und zückte seinen Ausweis, welchen der Mann aber gar nicht beachtete. Scheinbar hatte er von dem Beamten beim Schranken schon einige Informationen bekommen, zumindest verriet das sein

Gesichtsausdruck. „Ich bin hier der Spielleiter und der Pfarrer," sagte der Mann, der in seiner linken Hand einen Regenschirm hielt und mit der rechten Hand eine Winkbewegung machte. „Ich habe schon gehört, was passiert ist. Es ist furchtbar." „Ja," nickte der Inspektor und schaute den Pfarrer aus dem Auto heraus an, „aber es ist gut, dass ich sie treffe, denn mir wurde erzählt, dass die Pfarre der Veranstalter der Passionsspiele ist und ich denke, es könnte einen Zusammenhang zwischen dem Mord und den Passionsspielen, beziehungsweise der Kirche geben." „Ich verstehe nicht ganz," stotterte der Pfarrer ungläubig. „Mal ehrlich, wo sieht man sonst einen Gekreuzigten als in der Kirche oder bei Passionsspielen," antwortete der Inspektor, „ich denke da könnte es einen Zusammenhang geben, auch wenn es natürlich noch zu früh ist, was zu sagen."

Der Pfarrer fuhr mit seiner rechten Hand über den schon grau gewordenen Bart, der sein Kinn bedeckte. „Wenn sie was brauchen, ich wäre dann im Pfarrhof, weil ich glaube, hier kann ich nichts tun, oder?" Der Inspektor nickte und gab dem Pfarrer noch eine Visitenkarte in die Hand. „Wenn ihnen vorher noch etwas Wichtiges einfallen sollte," sagte er und setzte seinen Wagen abermals in Bewegung, um das Gelände nun endgültig zu verlassen. Als er bei den Kollegen am Geländeeingang vorbeikam, die das Veranstaltungsgelände abschirmten, nickte er ihnen noch freundlich zu und bog in die Straße ein, welche nach Sankt Magdalena führte.

II

Schon bei der Ortseinfahrt begrüßten ihn wiederum Plakate, welche die Passionsspiele ankündigten. „Neue Passion" war darauf zu lesen. „Neu? Bei einer zweitausend Jahre alten Geschichte?", sagte der Inspektor zu sich und schüttelte leicht den Kopf. Als Bild erkannte er auf den Plakaten das Letzte Abendmahl, welches Christoph Dreher, welchen er gerade noch tot am Kreuz gesehen hatte, als Jesus in der Mitte seiner Jünger zeigte. Das Bild des Abendmahls stimmte ihn nicht nur nachdenklich, sondern erinnerte ihn auch daran, dass er auch noch nichts gegessen hatte und so war er nicht unglücklich, dass gleich neben einer der Plakatwände der hiesigen Passionsspiele auch eine Reklame für kleines Restaurant mit asiatischer Küche angepriesen wurde, welches sich in unmittelbarer Nähe zur Ortseinfahrt befinden sollte. An und für sich hatte der Inspektor durchwegs fernöstliches Essen gerne, bis auf Sushi und Maki, auf welche er ebenso gerne verzichtete wie auf Meeresfrüchte. Auch das Essen mit Stäbchen hatte er, nachdem er es einige Male probiert hatte und somit zum Gespött aller geworden war, wieder aufgegeben.

Im Lokal war noch kein Gast zu sehen und der Inspektor stellte mit großer Zufriedenheit fest, dass dieses wohl eines der wenigen asiatischen Lokale war, in welchen nicht in einer Endlosschleife Musik, die angeblich an China erinnern sollte, gespielt wurde. Er fand dieses Bespaßen der Gäste als unpassend und unglaublich lästig, gerade so, als wenn im Hotel Sacher permanent der Donauwalzer oder der Radetzkymarsch gespielt werden würde.

Hier im Lokal war es hingegen ruhig und angenehm.

Der Inspektor zog seine triefend nasse Regenjacke aus und hängte sie an einen Haken der Garderobe, die an der Wand direkt neben der Türe angebracht war. Er beschloss auch sein Sakko, welches ebenso nass geworden war auszuziehen und auf die Lehne seines Sessels zu hängen. Dann begann er die Speisekarte zu studieren.

„Haben sie auch nur eine Kleinigkeit?“, fragte der Inspektor die junge Kellnerin, welche den zuvor bestellten Litschisaft brachte. „Ja, zum Beispiel die ausgelöste Hühnerkeulen mit Teriyakisoße. Das ist nicht viel.“ „Dann nehme ich die,“ sagte der Inspektor erfreut, „und davor noch eine Suppe. Diese süß-saure Suppe bitte.“

Während der Inspektor auf das Essen wartete, ließ er nochmals die Eindrücke des Tatortes im Steinbruch revuepassieren und machte sich immer wieder Notizen. Fakt war, es gab einen Toten, der am Kreuz hing, aber wahrscheinlich nicht auf diesem starb. Fakt war, dass es sich bei dem Toten um einen der Hauptdarsteller der Passionsspiele handelte und dass gerade die Passionsspieler in letzter Zeit bei den Proben immer wieder im Steinbruch waren, wie der Inspektor von Edelsberger erfahren hatte. Fakt war aber auch, dass der Inspektor noch keinen Plan hatte. Dafür war es noch zu früh. Nur Selbstmord konnte er ausschließen. Definitiv.

III

Der Pfarrhof und die Kirche von Sankt Magdalena waren geschickt architektonisch miteinander verbunden. Wie eine mächtige Trutzburg des Glaubens stand der Komplex leicht erhöht in der Mitte der Zweitausendachthundertseelengemeinde.
Reste einer alten Mauer und ein altes Beinhaus, welches wahrscheinlich im Zuge der Renovierungs- und Erweiterungsarbeiten der Kirche in den Achtzigerjahren des letzten Jahrhunderts liebevoll renoviert wurde, zeugte von einer langen Geschichte des Ortes. Der Schaukasten neben der

Kirchentüre war mit aktuellen Informationen bestückt, was den Inspektor leicht verwunderte, blickte er doch immer wieder, mitunter aus beruflicher Neugier als aus ehrlichem Interesse, auf diversen Schautafeln unterschiedlicher Kirchengemeinden und musste zu seiner Ernüchterung feststellen, dass diese oftmals nur mit vergilbten Spruchplakaten oder längst nicht mehr aktuellen Informationen bestückt waren. Hier war es jedoch anders. Der Schaukasten war genauso aktuell, wie die Grünanlage rund um die Kirche und den Pfarrhof gepflegt war. Nur aus dem Beinhaus roch es etwas modrig, was in der Natur der Sache lag. Vis-a-vis des Pfarrhofs lag noch ein weiteres flaches Gebäude, in welchem sich scheinbar nicht nur das Büro der örtlichen Passionsspiele befand, sondern auch die Pfarrkanzlei untergebracht war.
Die Türe stand einladend offen und als der Inspektor eintrat blickten ihn zwei weit aufgerissenen Augen an. Zum einen dürften sich nicht zu viele Schäfchen in die Pfarrkanzlei verirren, sodass schon allein das Eintreten einer Person das Highlight des Pfarrkanzleitages darstellte, zum anderen

hatte man ihn offenbar schon erwartet.

„Ich wollte fragen, ob der Herr Pfarrer hier ist und einen Augenblick Zeit für mich hätte," fragte der Inspektor, nachdem er sich beim Eintreten sein Sakko zurecht gezupft und seine Schuhe am, vor der Pfarrkanzlei aufgelegten Fußabstreifer abgeputzt hatte. Er hatte einen ähnlichen Abstreifer vor seiner Wohnungstüre liegen und freute sich auch hier am Fußabstreifer drei abgebildete Kätzchen in einem Körbchen zu erkennen, darüber den mit Blumen umranken Schriftzug „Willkommen". Noch bevor er seinen Ausweis aus seinem Sakko nehmen und zeigen konnte, wurde er in den gegenüberliegenden Pfarrhof verwiesen. „Der Herr Pfarrer ist wahrscheinlich im Wintergarten," sagte die Pfarrsekretärin und nahm ihre Brille ab. „Wenn die Türe vorne beim Pfarrhof nicht offen ist, können sie direkt über die Kirche dorthin gelangen." Sie legte die Brille auf eine mit unzähligen Notizen und Telefonnummern beschriebenen Schreibtischunterlage und nahm einen kräftigen Schluck Kaffee aus einer leicht abgestoßenen Tasse mit dem Werbeaufdruck eines großen Möbelhauses.

„Aber nicht weitererzählen, das ist ein Geheimtipp."
Sie musste über ihren Scherz selbst so sehr lachen, dass sie beinahe den Kaffee verschüttete. Der Inspektor versuchte zu lächeln, bedankte sich dann und verließ den kleinen, aber durchaus praktisch eingerichteten Raum, in welchem aber kaum Tageslicht fiel.
Er beschloss den Weg durch die Kirche zu nehmen, liebte er es doch plötzlich wo zu erscheinen und einfach da zu sein. Vielleicht motiviert ihn dazu jene Krimis im Fernsehen, die ihn, sooft er sie ansah, eigentlich ärgerten, da sie seiner Meinung nach mit der Realität nichts zu tun hatten. Trotzdem ertappte er sich immer wieder dabei, genau jene Krimis anzusehen.

Am Kirchenportal angekommen, richtete er sich nochmals sein Sakko und musste unweigerlich an seine Erstkommunion denken, als seine Mutter versuchte bei dem viel zu engen grünen Samtsakko, welches schon sein Bruder bei dessen Erstkommunion getragen hatte, den Knopf zu schließen. Jetzt zupfte und zerrte er selbst immer wieder an seinen Sakkos und hatte stets das Gefühl, dass sie allesamt nicht gut sitzen würden. Nun richtete er den Kragen und die Taschen, wobei ihm ein schon mehr als durchsichtig gewordenes Papiertaschentuch herausfiel und sanft am roten Kokosläufer landete, der auch schon bessere Tage gesehen hatte.

Der Inspektor war komischerweise jedes Mal, wenn eine Kirche betrat, etwas nervös und konnte sich diesen Umstand nicht erklären, aber da war stets ein leichtes Kribbeln in seinem Bauch, ein fast feierliches Gefühl, eine Ergriffenheit, die ihn innerlich etwas aufwühlte, wenngleich er nicht sonderlich religiös war. Dennoch drückte er fast ehrfürchtig die Türklinke hinunter, um in den Kirchenraum einzutreten. Nachdem er die Türe wieder leise geschlossen hatte, nahm er ein kleines Fläschchen mit Desinfektionsmittel aus seiner Hosentasche heraus. „Man weiß ja nie," sagte er zu sich, während er das stark ätzend riechende Mittel auf seinen Händen verteilte.

Der Kirchenraum war groß und hell, das starke Sonnenlicht schien durch die großen bunten Glasfenster und zeichnete bunte Bilder auf die Wände und die Bodenfliesen. Der Inspektor war angetan von der Architektur und Ausgestaltung der Kirche. Sie war viel heller und einladender als die vielen Kirchen, welche er vor allem in seinen Urlauben besucht hatte, wenn er an Regentagen nicht wusste, wie er sonst seine Zeit verbringen hätte können. Diese Kirche hier wirkte recht freundlich.

Langsam ging der Inspektor durch den Raum und versucht aus seinem Gedächtnis zu rekonstruieren, wo wohl der Durchgang zum Wintergarten des Pfarrhofes sein könnte, dessen große Fenster er zuvor wahrgenommen hatte.

Unter einem mächtigen Kreuz mit lebensgroßer Figur, die ihn unweigerlich wieder an den Toten im Steinbruch denken ließ, fand er eine Wendeltreppe im Altarraum, welche scheinbar in die Unterkirche führte. Schon aus beruflicher Neugier stieg der Inspektor die Treppe hinab. Unten angekommen fand er sich in einem kleinen Raum wieder, in dem ebenso ein Kreuz aufgestellt war, welches bis zur Decke reichte und in ihm Unwohlsein auslöste, da es fast

den ganzen Raum ausfüllte. Auf der anderen Seite des niedrigen Raumes stand ein Beichtstuhl, dessen Türen leicht offenstanden. Er blickte sich um, ob ihn niemand sehen könne und zog schließlich eine der beiden Türen ganz auf, wobei mit einem lauten Krach zwei Besen herausfielen und dabei einen roten Plastikkübel umstießen, dessen Inhalt sich mit einer riesigen Staubwolke über den Boden verteilte. Der Inspektor blieb für einen Augenblick ruhig stehen, dann griff er in den Beichtstuhl nach einer kleinen weißen emaillierten Blechschaufel und einem Handbesen und beseitigte das von ihm durch Unachtsamkeit verursachte Malheur.
Nachdem er sich nochmals vergewissert hatte alles wieder zusammengekehrt zu haben, stellte er in der Hoffnung, dass die Besen nicht mehr umfallen würden, diese wieder in den Beichtstuhl und verließ die Unterkirche, als wenn nichts geschehen wäre.

Nun beschloss er den Weg zum Pfarrer über den Pfarrhofeingang zu wählen wie jeder andere Besucher auch. Kurz bevor er das Kirchentor erreicht hatte, wandte er sich nochmals um und blickte auf das große Kreuz. Die Sonne fiel jetzt gerade so durch die bunten Glasfenster, dass das Kreuz in blutrotes Licht getaucht war. Abermals schauderte es ihn.

Nachdem er beim der Eingangstüre des Pfarrhofs angekommen war und zweimal ohne Erfolg angeläutet hatte, betätigte er die Türklinke und stellte zu seiner Verwunderung fest, dass die Türe nicht abgesperrt war.
So betrat er schließlich mit einem lauten „Grüß Gott“ den Pfarrhof. Nachdem er die Türe hinter sich zugemacht hatte, nahm er wieder sein kleines Fläschchen mit Desinfektionsmittel heraus um die Flüssigkeit, die es enthielt, abermals auf seinen Händen zu verreiben.

So groß der Pfarrhof von außen ausgesehen hatte, so klein und beengt wirkte der Vorraum, von dem drei Türen wegführten. Der Inspektor versuchte sich durch Rufe bemerkbar zu machen, aber er bekam keine Antwort. So ging er geradeaus weiter, bis zur Türe, welche der Eingangstüre gegenüberlag und hinter welcher er Musik vernehmen

konnte. Er klopfte an die Türe, bekam aber abermals keine Antwort, worauf er wieder die Türklinke betätigte, um erneut sein Fläschchen mit dem Desinfektionsmittel aus der Tasche zu ziehen.
Nach den großen Fenstern zu schließen, war dieser Raum der Wintergarten. Auf der einen Seite befand sich ein großer Tisch, auf dem einige Bücher lagen, auf der anderen Seite stand eine, seitlich zu den Fenstern gedrehte Staffelei, auf welcher ein großes Bild stand. Rechts daneben waren auf einem kleinen mit Zeitungspapier abgedeckten Tischchen Pinseln und Tuben mit Farbe. Eine schon recht zusammengedrückte Farbtube lag offen auf einem kleinen Brettchen, auf welchem scheinbar die Farben gemischt wurden. Der Inspektor betrachtete das Bild auf der Staffelei und zog eine Augenbraue hoch. Dabei legte er seinen Zeigefinder an die Lippen und stützte die andere Hand in die Hüfte.
Er konnte mit dieser abstrakten Kunst nicht wirklich etwas anfangen. Er konnte mit Kunst generell nichts anfangen. Der Besuch von Gemäldegalerien langweilte ihn unglaublich und wenn er mit einer Gruppe von Freunden

ein Museum besuchte, war er stets als erster mit dem Museumsrundgang fertig und wartete im Foyerbereich bei einem Kaffee auf die anderen. Zuhause hatte er nur ein einziges Bild, welches über dem Esstisch hing. Es zeigte eine Lichtung im Wald mit einer kleinen Hütte, einem munter fließenden Bach und davor zwei Rehe, von welchen eines aus dem Bach trank und das andere keck den Kopf in die Höhe streckte. Das war das einzige Bild, welches ihm vertraut war und wo er sich wenigstens etwas vorstellen konnte. Bei abstrakter Kunst war das anders.

Der Inspektor betrachtete nochmals die bunte Leinwand, konnte aber beim besten Willen kein Motiv erkennen. Schließlich fasste er sich ein Herz, nahm das Bild vorsichtig in die Hand und stellte es auf den Kopf, in der Hoffnung vielleicht so etwas erkennen zu können. Doch der Versuch scheiterte.
„Grüß Gott, Herr Inspektor," hört er da die Stimme des Pfarrers, der plötzlich hinter ihm stand und dessen Kommen er, versunken in das Bild wie er war, nicht wahrgenommen hatte. „Gefällt ihnen mein Bild?", fragte der Pfarrer. Er ging zur Staffelei und drehte die

Leinwand wieder auf ihre ursprüngliche Position. „Es ist, es ist... interessant," stammelte der Inspektor verlegen und merkte dabei, wie sich Schweißperlen auf seiner Stirn bildeten. „Gell ja," antwortete der Pfarrer nicht ohne Stolz, „ich nenne es Waldidylle." Der Inspektor dachte an sein Bild zu Hause, konnte aber beim besten Willen keine Ähnlichkeiten mit dem vor ihm stehenden Werk mit gleichem Thema erkennen. „Ich habe auch ein Bild mit einer Waldlichtung zu Hause, aber da ist noch eine Hütte drauf und ein Bach und zwei Rehe," versuchte er die ihm leicht peinliche Situation zu retten. „Hütte, Bach und Rehlein... ist doch alles Quatsch," stellte der Pfarrer lächelnd fest, „jeder soll selbst erkennen, was er in dem Bild sieht." Der Inspektor wusste darauf nichts mehr zu antworten, für Kunst fehlte ihm tatsächlich jedes Verständnis, wie er wieder feststellen musste. Eine peinliche Stille entstand, in welcher der Inspektor seinen Blick noch über die anderen Bilder streifen ließ, die teilweise neben der Staffelei oder auf Sesseln im Wintergarten standen oder einfach an der Wand angelehnt waren, wo auch ein dreiteiliges Werk hing. Auch hier konnte er, so sehr er sich auch bemühte, kein Motiv erkennen. „Ich bin eigentlich wegen dem Mord im Steinbruch gekommen,“ sagte er, um die unerträglich gewordene Situation zu beenden, „vielleicht haben sie ja etwas Zeit für mich.“ „Ja freilich,“ antwortete der Pfarrer und zog sich seinen mit Farbflecken überzogenen Malermantel aus, den er nun fein säuberlich zusammengelegt über den dreibeinigen Hocker legte, der vor der Staffelei stand. Mit einem Tuch, dass neben einem halbvollen Glas mit Limonade am Tisch lag, begann er sich seine Hände abzuwischen. „Gehen wir rüber ins kleine Besprechungszimmer,“ sagte er, während er sich den Kragen seines schwarzen, lässig aufgeknöpften Hemdes etwas richtete.

Im sogenannten kleinen Besprechungszimmer befand sich ein Tisch mit vier Sesseln, ein kleines Bücherregal mit überwiegend religiöser Literatur und an der einen Wand wieder ein dreiteiliges abstraktes Gemälde.
Diesmal versucht der Inspektor gar nicht mehr ein Motiv zu erkennen, sondern wandte sich gleich wieder dem Pfarrer zu, der bei der

kleinen Kapselkaffeemaschine stand, die auf einem kleinen Kästchen platziert war, auf welchem auch ein kleiner Korb mit Kaffeekapseln in den unterschiedlichsten Farben seinen Platz fand. „Stark oder schwach?“, fragte der Pfarrer. „Schwach bitte. Ich trinke so viel Kaffee über den ganzen Tag verteilt, dass ich mir schon Sorgen machen muss im Büro nicht mehr schlafen zu können wie jeder andere Beamte auch,“ lachte der Inspektor. „Da geht es mir genauso,“ antwortete der Pfarrer, „aber bei diesem Kaffee muss man sich keine Sorgen machen. Alles bio.“ Dabei rollte er leicht mit den Augen und zeigte mit der einen Hand auf ein Bild von Papst Franziskus, welches im Raum aufgehängt war. „Bio ist jetzt sozusagen indirekt angeordnet. Holy Father is watching you,“ lachte er, „und bei diesen Biokapseln braucht man sich wegen der Kaffeestärke wirklich keine Sorgen zu machen. Die schaden dem Herzen sicher nicht. “

Nachdem beide ihren Kaffee vor sich stehen hatten, öffnete der Pfarrer noch eine kleine Plastikbox mit blauem Deckel und stellt sie auf den Tisch. „Burgenländische

Minischaumrollen. Die wurden mir gestern von einer frommen Seele vorbeigebracht," sagte er und lächelte breit. „Aber Achtung! Suchtgefahr!" „Ja, das kommt mir bekannt vor," lachte der Inspektor, nachdem er die erste Schaumrolle in den Mund gesteckt hatte.

„Also, was kann ich jetzt für sie tun, Herr Inspektor?", fragte der Pfarrer, „haben sie schon eine Spur? Sind sie schon weitergekommen?"
„Leider nein. Keinen Millimeter," antwortete der Inspektor mit halbvollem Mund und schleckte sich die Schaumrollenfüllung von seinen Fingern.
Für einige Augenblicke war es wieder still im Raum. „Glauben sie, dass der Mord etwas mit den Passionsspielen zu tun hat?", unterbrach der Geistliche schließlich das Schweigen. „Ich kann es zumindest nicht ausschließen," sagte der Inspektor, der nun mit seinem letzten verbliebenen Papiertaschentuch seine Finger abzuwischen versuchte, wobei einige kleine Papierfetzen auf den Fingern kleben blieben. „Wie werden eigentlich die Rollen bei den Passionsspielen besetzt? Gibt es da

möglicherweise Reibereien und Konfliktpunke?“, wollte er wissen als er mühsam versuchte die kleinen Papierstückchens des Taschentuchs von den Fingern zu zupfen.

IV

Als der Inspektor später den Pfarrhof verließ, war es schon dämmrig geworden, so lange hatte das Gespräch gedauert. Mit einer Überfülle an Informationen ging er einige Schritte vom Pfarrhof weiter, um sich auf einen Sandsteinwürfel hinzusetzen, welcher neben anderer Sandsteingebilde am Platz vor der Kirche aufgestellt war. Über zweieinhalb Stunden hatte der Pfarrer versucht ihm zu erklären, wie die Rollenbesetzungen vor sich gehen würden. Vom Blick in die Geschichte der Spiele, der den Inspektor nur mäßig interessierte, nahm er nur so viel mit, dass früher der sogenannte Vorstand der Passionsspiele die Rolleneinteilung getroffen hätte, der jetzige Regisseur allerdings darauf bestanden hatte, vorab selbst mit allen Darstellerinnen und Darstellern zu sprechen, um so eine bestmögliche Besetzung zustande zu bringen, was dem Inspektor nur logisch erschien. Dennoch grübelte er darüber nach, dass diese neue Besetzungspraxis durchaus Sprengkraft gehabt haben könnte, wenn Besetzungen anders durchgeführt wurden, als es bis zu diesem Zeitpunkt gängige Praxis war und somit diese neue Vorgehensweise den Vorstand, den der Inspektor auch noch genauer unter die Lupen nehmen wollte, letztlich in seiner vermeintlichen Macht beschnitten hätte.

„Vielleicht sollte ich mich beim Regisseur umhören, ob dieser etwas, anlässlich des Vorsprechens, mitbekommen hatte," sagte der Inspektor halblaut, als wollte er sich in seinem Vorhaben bestätigen.

Am nächsten Tag wollte er ihm einen Besuch abstatten. Für heute aber war es mehr als genug, sein Kopf war übervoll von den unterschiedlichsten Familiengeschichten von Sankt Magdalena, wer mit wem verheiratet war, wo sich Familiengeschichten kreuzten und wie diese Familiengeschichten in die fast einhundertjährige Geschichte der Passions-

spiele eingewoben waren. Die Information des Pfarrers an den Inspektor waren heute allesamt zu viel für diesen und sein kleines Notizbüchlein war längst ausgeschrieben.
Selbst wenn er noch Platz gehabt hätte, er hätte sich an diesem Abend kein klares Bild mehr verschaffen können. Die Familienclans von Sankt Magdalena waren einfach zu viel für ihn gewesen.

V

Am nächsten Tag in der Früh versuchte der Inspektor in seinem kleinen Büro, welches ein Vielfaches kleiner war als das sogenannte kleine Besprechungszimmer im Pfarrhof von Sankt Magdalena, noch einmal die erhaltenen Informationen und seine Gedanken zu ordnen und sich die wichtigsten Punkte zu notieren. Dies nahm den ganzen Vormittag in Anspruch, so viel Informationen hatte er am Vortag vom Pfarrer erhalten.
Als er endlich vom Büro wegkam, war es schon später Vormittag, sodass er erst um die Mittagszeit in Sankt Magdalena eintraf. Er wollte heute den Regisseur der

Passionsspiele, einen gewissen Sascha Fröhlich, kontaktieren, zumindest aber seine Telefonnummer erfragen.
Das Auto des Inspektors glich mehr einem fahrbaren Schrank, allerdings einem unaufgeräumten. Angefangen von vollen und leeren Getränkeflaschen hatte er auch noch seine Regenjacke und einige Pullover auf der Rückbank liegen, zudem etliche Gratiszeitungen, welche er eigentlich lesen wollte, sie aber schließlich immer wieder stapelweise entsorgte, ohne sie auch nur einmal durchgeblättert zu haben. Quer über die Rückbank lag eine kleine Motorsense, die er das letzte Mal vor drei Monaten beim Grab seiner Großeltern im Einsatz gehabt hatte und die er schon längst in seinen kleinen Schrebergarten zurückbringen wollte, weil sie im Auto immer wieder nach vorne fiel und ihm so das Anschnallen erschwerte. Im Kofferraum war neben Stofftieren seiner Nichte noch ein Geschenkkorb, den er von seinem Vorgesetzten überreicht bekommen hatte, als er den letzten kniffligen Fall gelöst hatte.

Er parkte das Auto direkt neben der Kirche

und ging, nachdem er wieder mal vergessen hatte sich etwas Essbares zu kaufen zum Kofferraum seines Wagens. Im Geschenkkorb, der darin war, fand er schließlich noch eine kleine Dose Sardinen deren Inhalt er eher mit Verachtung als mit Appetit aß.

Die Pfarrkanzlei war an diesem Tag nur von neun bis zehn Uhr besetzt. Verwundert blickte der Inspektor auf die Öffnungszeiten der Pfarrkanzlei und dachte sich seinen Teil. Als er sich umdrehte, sah er gerade noch, wie der Pfarrer in der Kirche verschwand. „Dieser kann mir ja sicher auch Auskunft über die Telefonnummer des Regisseurs geben," sagte er zu sich und beschloss dem Pfarrer in die Kirche zu folgen.

Vor dem Kirchenportal richtete er wieder sein Sakko, wobei ihm wieder dieses Gefühl überkam, welches ihn an seine Erstkommunion erinnerte. Nach dem fast schon üblichen Ritual des Öffnens der Tür und dem darauffolgenden Hände-desinfizierens ging er einige Schritte in den Kirchenraum hinein, der ihm diesmal schon etwas vertrauter schien.

Auch das große Kreuz ließ ihn heute nicht mehr so erschaudern.

In einer Seitenkapelle, die ihm erste heute richtig auffiel und die wahrscheinlich die ursprüngliche Kirche war, bevor in den Achtzigerjahren der große Zu- und Umbau des Ensembles erfolgte, fand er schließlich den Pfarrer, der gerade einige Sessel neu zurechtrückte.

„Mahlzeit, Herr Inspektor," sagte dieser freudig, „gut, dass sie hier sind. Ich versuche gerade eine neue Sitzordnung für diese Kapelle zu schaffen und da kommen sie mir gerade recht. Sind sie so lieb, ich stelle mich hinten hin und sag ihnen dann bitte, in welcher Position sie die Sessel hinstellen sollen. Ja? Allein schafft man das ja nicht, da braucht man schon den Überblick." Noch ehe der Inspektor etwas antworten konnte, fand er sich schon beim Sesselverschieben in der Kapelle wieder.

Der Pfarrer dirigierte ihn dabei mit kurzen und prägnanten Befehlen. „Den Sessel weiter nach links, den anderen nach rechts. Den Sessel da drüben weiter nach hinten."

Mit einer Eselsgeduld ließ der Inspektor die Sache über sich ergehen, bevor er schließlich feststellte, dass er eigentlich wegen der Telefonnummer des Regisseurs gekommen sei. „Warum haben sie das nicht gleich gesagt?“, antwortete der Pfarrer, der insgeheim froh war, dass er die Möbelaktion nicht allein durchführen musste. „Sie haben Glück, Herr Inspektor, Sascha Fröhlich ist heute sogar hier, denn schließlich ist allen Widrigkeiten zum Trotz heute Probe oder zumindest Besprechung wie es weitergehen soll. Die Probe ist im Haus Nazareth, hinten an der Hauptstraße und Fröhlich sollte jetzt in unserer Gästewohnung vis-a-vis des Pfarrhofs direkt neben der Pfarrkanzlei sein.“

VI

Sascha Fröhlich war der Regisseur, der eigens für die Passionsspiele engagiert worden war. Im Internet konnte der Inspektor nicht viel über ihn finden, nur so viel, dass er unter anderem eine Schauspielschule in Wien absolviert hatte und nun aber vorrangig Einmannproduktionen, für die er selbst die Texte bearbeitete, spielte. Mit einer solchen Einmannproduktion von Goethes Faust hatte er in Kleinsanktmartin großen Erfolg. Der Inspektor musste unweigerlich an seine Deutschmatura denken, bei welcher er über die Charaktere in Faust befragt wurde. Sie zu kennen war für ihn schon eine Herausforderung gewesen, diese aber alle durch nur eine Person auf der Bühne sehen zu müssen, ließ ihn innerlich erschaudern. Allerdings schien Fröhlich nicht vom Schauspiel leben zu müssen, wie der Inspektor nach seiner kurzen Recherche feststellte.

Direkt neben der Pfarrkanzlei vis-a-vis des Pfarrhofes fand der Inspektor schließlich die Gästewohnung der Pfarre, in welcher Fröhlich während der Probenzeit wohnen konnte. Die Türe, zu welcher drei Stufen aus Sandstein hinaufführten, stand offen. „Herr Fröhlich?“, rief der Inspektor mit verhaltener Stimme in den Raum, „Herr Fröhlich? Sind sie da?“ Nachdem keine Antwort kam, klopfte der Inspektor noch mal an die Türe, um schließlich in den ersten Raum der Wohnung zu treten. Vorher zupfte er sich wieder das Sakko zurecht. Im Vorraum befand sich gleich eine Küchenzeile und ein kleiner Tisch mit zwei Hockern, darauf ein Weinkühler aus Sandstein. „Der Steinbruch ist allgegenwärtig," murmelte der Inspektor als er seinen Blick vom steinernen Weinkühler weiterwandern ließ. Gegenüber der Eingangstüre stand auf einem weiteren Küchenkästchen eine kleine Kaffeemaschine, deren Lichter abwechselnd blinkten.

Eine Tasse mit frisch gebrühtem und noch leicht dampfendem Kaffee stand direkt neben der Maschine. Der Kaffee, das aufgedrehte Licht im hinter der Küche liegenden Wohnraum und die offene Tür der Wohnung verrieten dem Inspektor, dass Fröhlich nicht weit weg sein konnte und so beschloss er zu warten.

Nach nicht allzu langer Zeit kam ein nicht allzu großer festerer Mann mit schütterem Haar. Er trug eine schwarze verbeulte Hose und einen grauen Kapuzenpullover und nicht geputzte Schuhe, an welchen die Schuhbänder offen waren. Dem Inspektor fiel dies sofort auf, hatte er doch selbst immer wieder mit dem Problem der sich während des Gehens öffnenden Schuhbänder zu tun.

Half er sich früher durch Schuhe mit Klettverschluss, wollte er sich nun auch dieser Herausforderung seines Lebens stellen.

„Sie sind sicher von der Kriminalpolizei, oder?“, fragte der Mann. „Mein Name ist Fröhlich, Sascha Fröhlich. Ich bin der Regisseur bei den heurigen Passionsspielen. Ich wollte sie eigentlich schon gestern kontaktieren, nachdem ich von der furchtbaren Sache im Steinbruch gehört habe, doch ich war zuerst bei einer Konzertmoderation in Kufstein und dann in Villach und ehrlich gesagt war ich danach zu ausgelaugt, um mich wegen ihrer Telefonnummer schlau zu machen.“ Er nahm aus einer kleinen Plastiktasche eine Rolle Klopapier heraus und hielt sie wie Hamlet den Totenschädel. „Sein oder nicht sein, dass ist hier die Frage...,“ sagte er mit ernstem Blick und schaute dabei auf die Rolle in seiner ausgestreckten Hand. Obwohl sie einander nicht kannten, fanden beide die Situation ungewollt komisch. Beide mussten kurz lachen. „Wohin ich auch komme, einen Klopapiermangel gibt es immer. Ob ich in einem Hotel bin, einer Frühstückspension oder einer Gästewohnung. Immer ist nur noch eine Rolle mit maximal zehn Blättern am Klopapierhalter," sagte Fröhlich und der Inspektor musste zustimmen, war es doch bei ihm genauso. Wie oft hatte er auch selbst für zuhause beim Einkauf auf das Klopapier vergessen und war dann immer froh zumindest noch eine Küchenrolle daheim zu haben. Fröhlich verschwand kurz im Badezimmer, um die Klopapierrolle auf den dafür vorgesehenen Haken neben der Klomuschel zu montieren. „Wollen sie etwas trinken, Herr Inspektor?", fragte er als er zurückkam.

„Gegen einen Kaffee hätte ich nichts einzuwenden, nur bitte nicht zu stark." Fröhlich nickte. „Darf ich sie fragen, Herr Fröhlich, warum sie gleich gewusst haben, dass ich von der Kriminalpolizei bin? Habe ich mich vielleicht so bewegt wie die Schauspieler in den Krimis?", fuhr der Inspektor nach einer kurzen Pause fort. „Nein, eben nicht," antworten Fröhlich, „kaum jemand bewegt sich so und spricht so wie es das Klischee vorgibt. Darum ist es ja auch ein Klischee. Das Natürliche wird zum

Besonderen hochstilisiert und damit peinlich verfremdet. Dafür haben wir von der Bühne halt einen speziellen Blick. Das ist ja letztlich auch unsere Profession." Er nahm fast theatralisch seine Tasse Kaffee in die Hand und führte sie wie einen Siegespokal zum Mund, um einen großen Schluck zu machen. Mit der anderen Hand deutet er auf das Textbuch der Passionsspiele, dass vor ihnen auf dem kleinen Tisch, an dem sie saßen, lag. „Mir geht es hier bei den Passionsspielen nicht anders. Seit Wochen, ja seit Monaten versuche ich den Mitwirkenden klarzumachen, dass sie ganz normal auf der Bühne sprechen können und nichts unnatürlich betonen müssen. Wissen sie, Herr Inspektor, gerade das ist ja die Kunst des Theaters." Er machte wieder eine kunstvolle Pause, um tief Luft zu holen. „Glauben sie mir, Herr Inspektor" sagte er und blickte den Inspektor tief und fast magisch in die Augen, „glauben sie mir, bei einer Laienbühne ist das alles andere als einfach, weil noch immer viele glauben so sprechen zu müssen wie im Burgtheater vor fünfzig Jahren."

Fast resignierend stand er mit einem tiefen

Seufzer, der den Inspektor eher an eine schlechte Schmierenkomödie erinnerte, auf. „Wissen sie, Herr Inspektor, es ist so wie bei der Anekdote, die der große und unvergleichliche Otto Schenk so gerne erzählt. Eine Frau kommt zum Eingang des Burgtheaters und fragt, ob die Probe schon begonnen hätte. Der Portier geht also darauf in die Richtung der Bühne, lauscht und dreht sich zu der Dame um und sagt: ‚Ja, gnädige Frau, die Probe hat schon begonnen, sie reden schon unnatürlich'." Wieder musste der Inspektor lachen. Fröhlich setzte sich hin und nahm einen letzten kräftigen Schluck Kaffee aus der Tasse. Auch der Inspektor hatte seinen Kaffee schon ausgetrunken.

„Wollen sie noch eine Tasse Kaffee, Herr Inspektor?", fragte Fröhlich, während er seine Tasse in Richtung Abwasch brachte, wo sich schon ein ganzer Berg von Geschirr angesammelt hatte. Einige kleine Fruchtfliegen freuten sich über die Essensreste, welche noch auf den Tellern klebten, fühlten sich aber nun sichtlich durch Fröhlichs abgestellte Tasse gestört und flogen in alle Himmelsrichtungen weg. „Danke nein, Herr Fröhlich," sagte der Inspektor,

„aber ich habe noch eine Frage. Der Pfarrer hat mir erzählt, dass früher immer vom Vorstand der Passionsspiele die Rollen für die Spieler eingeteilt wurden und dass sie dieses Mal von diesem fast hundertjährigen Konzept abgegangen sind. Darf ich fragen warum?“ Fröhlich, der gerade Geschirrspülmittel in das Wasser gegeben hatte und angefangen hatte das Geschirr abzuwaschen, drehte den Wasserhahn wieder ab, wischte sich die nassen Hände in die Hose und ging zwei Schritte auf den Inspektor zu. „Herr Inspektor,“ sagt er wiederum mit theatralischer Stimme, „schauen sie mich an. Ich bin nicht groß, übergewichtig, habe schüttere Haare und braune Augen. Glauben sie etwa, dass mich jemand mit Siegfried dem Deutschen oder dem ausgemergelten Don Quichotte besetzen würde?“ Er machte eine kurze Pause. „Ich kann nicht einen Mops mit einem Windhund besetzten und genauso wenig kann ich jemanden nur deshalb mit einer Rolle besetzen, weil er aus einer bestimmten Familie kommt oder sein Vater, Großvater oder Urgroßvater oder sonst wer schon eine gewisse Rolle gespielt hatte. Ich muss nach dem Typ besetzen, wenn es seriös sein und gut werden soll," fügte Fröhlichen hinzu, noch ehe der Inspektor eine Antwort geben konnte. Dann zog er ein Programmheft einer Passionsspielgruppe aus Spanien aus einem Stapel von Heften, Büchern und Programmen und schlug nach kurzem Blättern eine Seite mit bunten Bildern auf. Er hielt sie dem Inspektor hin. „Hier, Herr Inspektor, schauen sie sich die Bilder an. Der Darsteller des Jesus in dieser Produktion in Sevilla ist vierundsiebzig Jahre alt. Bei aller Wertschätzung für das Alter, Herr Inspektor, aber da muss man schon froh sein, wenn er bis zum Einzug in Jerusalem durchhält, von dem Prozess und der Kreuzigung ganz zu schweigen. Man muss für das Stück besetzen, nicht gegen das Stück." Fröhlich nahm erneut das Programmheft und blätterte drei Seiten weiter. „Oder schauen sie hier. Links Jesus mit seinen vierundsiebzig Lenzen und rechts seine Mutter Maria, gerade mal zweiunddreißig Jahre alt. Suchen sie den Fehler." Er machte eine kurze Pause. „Verstehen sie, was ich meine?" Der Inspektor musste laut auflachen, biss sich aber sofort wieder auf die Zunge, weil er nicht wusste, ob es angebracht war. „Ich möchte dem Publikum das bestmögliche Spiel bieten," schloss Fröhlich seine Ausführungen ab und legte das Programmheft wieder auf den Stapel zu den anderen Heften zurück, „da muss man dann auch mitunter mit Traditionen brechen, selbst wenn man sich mehr als unbeliebt macht. Wie gesagt es gibt Besetzungen, die einfach nicht gehen, Familien- und Passionsspielgeschichte hin oder her."

Das Argument leuchtete dem Inspektor ein. Er hatte mal eine Carmen-Inszenierung gesehen, wo die Carmen blonde Haare hatte. Was eigentlich egal hätte sein können, war damals das Pausengespräch schlechthin. „Aber hat es keine Proteste gegeben?", wollte der Inspektor wissen. „Direkt nicht," antworte Fröhlich, „aber sie wissen ja, wie die Leute sind. Hinter meinem Rücken haben sie sicher geredet, dass die eine oder andere Besetzung eine Frechheit wäre, dass der eine oder die andere zu kurz in Sankt Magdalena leben würde, um eine wichtige Rolle zu bekommen und so weiter und so weiter. Aber, Herr Inspektor, ich bin nicht hier um mich beliebt zu machen, sondern Regie."

Fröhlich blickte auf die Uhr seines Handys. „So," sagte er, „jetzt ist die Zeit für den Kaffee vorbei, jetzt kann man das erste Glas Wein trinken. Wollen sie auch, Herr Inspektor?"
„Nein danke, ich bin im Dienst," wehrte der Inspektor ab, „aber um noch einmal zur Besetzung zurückzukommen. Gab es Proteste, weil sie die Rolle des Jesus mit Kogler und Dreher besetzt haben?"
„Wissen sie, Herr Inspektor," sagte Fröhlich und öffnete eine Lade, um einen Korkenzieher herauszuholen, „die Besetzung des Jesus ist so eine Sache, wie ich jetzt erleben durfte."
Ungeschickt setzte er den Korkenzieher an, als er endlich weitersprach. „Den Jesus spielen zu dürfen ist natürlich eine besondere Ehre in Sankt Magdalena, aber gleichzeitig natürlich auch eine riesige Herausforderung."
Er hob mit einer Hand das Textbuch in die Höhe, während er versuchte mit der anderen Hand den Korkenzieher und die Weinflasche zu halten. „Sehen sie sich den Text an. Zwei Drittel des Textes entfallen ausschließlich auf Jesus, das sind fast dreißig Textseiten allein für eine Person und noch dazu hat der Pfarrer

beim neuen Text fast ausschließlich das Johannesevangelium mit seinen verschachtelten Sätzen zitiert. Schön, aber schwer. Selbst wenn viele Magdalener diese Rolle gerne spielen würden, die wenigsten Interessenten trauen sie sich, wenn sie ehrlich sind, dann auch zu."

Fröhlich ließ das Textheft wieder auf den kleinen Tisch fallen. „Ich war ehrlich gesagt heilfroh, dass einer der beiden Jesus-Darsteller der letzten Passionsspiele nochmals Interesse bekundet hatte diese Rolle zu übernehmen," fügte er schließlich nach einer Pause hinzu, während er noch immer mit dem Korkenzieher hantierte. „Kogler?", wollte der Inspektor wissen und deutete auf eine Besetzungsliste, die vor ihm auf dem Tisch lag. „Ja, Robert Kogler," bestätigte Fröhlich, „er war sofort bereit und er freut sich, als ich ihm die Rolle wieder zusagen konnte und auch Dreher freute sich. Armer Kerl." Fröhlich blickte kurz stumm vor sich hin. „Sonst hat sich ja das Interesse für die Besetzung der Rolle sehr in Grenzen gehalten, bis auf..." „Bis auf?", horchte der Inspektor auf. „Der Timo Schuster hat beim ersten Gespräch, als ich ihn gefragt hatte, welche Rolle er spielen wolle, wie aus der Pistole geantwortet ‚den Jesus' und war dann sichtlich enttäuscht, als ich ihm gesagt habe, dass er für mich nicht für die Rolle des Jesus in Frage kommen würde, sondern für die des Judas." „Des Judas?", der Inspektor runzelte die Stirn, „wieso gerade für die des Judas?" „Nennen sie es Intuition, nennen sie es Besetzungsgeschick. Ich habe ihnen doch schon gesagt, dass wir Menschen von der Bühne diesen gewissen Blick haben und da wären wir dann wieder beim Klischee," lachte Fröhlich und auch der Inspektor musste lachen.

„Sie können gerne heute Abend bei der Probe im Haus Nazareth dabei sein, da sollten dann alle versammelt sein und der Pfarrer hat auch versprochen zu kommen, schließlich muss man alle darauf einschwören, dass die Passionsspiele trotzdem stattfinden sollen, trotz des schrecklichen Vorfalls," lud Fröhlich den Inspektor ein, während er nach wie vor kompliziert versuchte die Flasche zu öffnen. Knapp bevor er die Geduld verlor, welche in der ganzen bisherigen Probenzeit ohnehin schon genug strapaziert worden war, gelang es ihm schließlich mit hochrotem Kopf den Korken aus dem Flaschenhals zu ziehen. Triumphierend wie ein Feldherr nach gewonnener Schlacht, blickte er abwechselnd zum Inspektor und zur geöffneten Flasche, die er wie eine Siegestrophäe in der Hand hielt. Er öffnete schließlich ein Kästchen an der Wand und nahm ein Weinglas heraus und hielt es gegen das Licht. Es schien sauber zu sein, zumindest sauberer als jene Gläser, die nach wie vor im, mit Spülmittel versetzen Wasser neben fettbeschmierten Tellern und leeren Gurkengläsern eingeweicht waren. Nachdem er etwas Wein eingeschenkt hatte, hielt er das Glas abermals gegen das Licht. Rot wie Blut war der Wein im Glas und Fröhlich nickte zufrieden. Dann setzte er das Glas an und nahm einen kleinen Schluck. „Eine Spur zu warm, aber gut," stellte er zufrieden fest.

VII

Das Haus Nazareth war direkt an der Hauptstraße vis-a-vis der örtlichen

Polizeistation. Schon nach seinem nachmittäglichen Gespräch mit Sascha Fröhlich war der Inspektor kurz dort gewesen, um nicht dann später am Abend erst den Weg suchen zu müssen.
Die Zeit bis zur Probe setzte sich der Inspektor in sein Auto und döste ein wenig vor sich hin. Kurz bevor er sich dann in der Dämmerung wieder zum Haus Nazareth begab, warf er nochmals einen Blick in den Geschenkkorb im Kofferraum des Autos und fand zu seiner Freude noch ein Glas mit Essiggurken darin, die mit einem Päckchen Schnitten, welches er noch unter dem Beifahrersitz fand, sein Abendessen darstellten.

Schon am Weg zum Haus Nazareth fielen dem Inspektor etliche Menschen auf, die offenkundig dasselbe Ziel hatten wie er. Alte und junge Passionsspieler drängten sich bald zur Türe, des in die Jahre gekommen Hauses. „Moment, Moment, Moment," rief ein schlanker, braungebrannte Mann Anfang der Sechzig, „ich muss erst aufsperren." Nachdem er in seiner Hosentasche ein Schlüsselband, an welchem genau ein

Schlüssel hing, gefunden hatte, steckte er diesen in das Schlüsselloch, zog die Türklinke hoch und sperrte auf.
Mit einem Ruck gab die Türe nach.
Er hatte noch nicht einmal die zweite Flügeltüre geöffnet, da strömte schon die wartende Menge in den dunklen Vorraum. „Moment," rief der Mann von vorhin wieder, „ich muss erst Licht machen. Das darf doch nicht wahr sein. Drängt doch nicht so."

Er kämpfte sich wacker durch die ungeduldige Menge zum hinteren Teil des Gebäudes. „Ich kann nichts dafür, dass das so eine blöde Konstruktion ist. Lasst mich doch nach hinten zum Hauptschalter, sonst bleibt es hier ewig finster." Nachdem man lautes Scheppern, einen dumpfen Schlag und einige Schimpfworte gehört hatte, wurde es plötzlich hell im Haus und alle Lichter brannten.
Der Mann kam mit einer blutenden Platzwunde am Kopf zurück. Sie war zwar nicht sonderlich groß, aber dennoch blutete sie stark. „Darf ich ihnen ein Taschentuch geben, um die Blutung zu stoppen?", fragte der Inspektor und war dann doch froh, als

sein Angebot abgelehnt wurde, da er vergessen hatte, dass er sein letztes Papiertaschentuch beim Schaumrollenessen am Vortag zum Säubern verwendet hatte.
„Das ist nichts," sagte der Mann, „das ist nur ein kleiner Kratzer." Mit der einen Hand griff er sich immer wieder auf den Kopf und betrachtete dann das Blut an seinen Fingern. In der anderen Hand hielt er seine Brille. Einer der beiden Bügel stand in einem unnatürlichen Winkel weg. „So ein Mist, ich bin vorher in der Dunkelheit draufgestiegen," ärgerte er sich.
„Warten sie, ich kann das," sagte der Inspektor voller Überzeugung und nahm dem Mann die Brille aus der Hand. „Ich mache das öfter." Ohne ein Einverständnis abzuwarten, griff der Inspektor auf den deformierten Brillenrahmen. „Wenn man den Draht ganz langsam biegt, dann kann man alles wieder richten," erklärte er. Vorsichtig versuchte er das Gestell der Brille wieder in die ursprüngliche Position zu bringen, als plötzlich ein Glas aus der Verankerung fiel. Mit einer raschen Bewegung versuchte der Inspektor das herabfallende Brillenglas zu fangen, brach allerdings bei dieser Bewegung

den Bügel der Brille zur Gänze ab. „Oh. Entschuldigung, so etwas ist mir noch nie passiert," sagte er verlegen und stieg dabei mit einem kleinen Schritt nach vorne, genau auf jenes Glas, welches gerade eben noch den Sturz auf den Steinboden aus den Sechzigerjahren heil überstanden hatte.

Mit einer Brille mit nur einem Bügel und ebenso nur einem Glas verließ der Mann das Haus Nazareth und stieg auf sein Fahrrad auf. Mit einer Hand die Lenkstange haltend, die zweite Hand an der Verletzung auf seinem Kopf, den er schief hielt, um dem Brillenrest zumindest einen gewissen Halt zu verleihen, sah ihn der Inspektor in die Richtung des Kirchenplatzes fahren. Er selbst betrat nun endgültig das Haus Nazareth, noch immer peinlich berührt ob seiner erfolglosen Hilfsaktion.

Im Foyer des Hauses Nazareth standen einige Tische, links war eine Garderobe, wo schon einige Jacken hingen. Ebenso auf der linken Seite waren die Türen zu den WCs. Diese nahm der Inspektor besonders freudig wahr und ging schnurstracks darauf zu.

Als er wieder herauskam, waren im Saal hinter dem Foyer schon rund siebzig Personen versammelt und auch Sascha Fröhlich, der Regisseur, war da.

Er musste gekommen sein, als der Inspektor gerade am Klo war. Er saß hinter einem großen Tisch auf der Breitseite des Saales und drehte sich auf einem großen Bürosessel hin und her. Nach wie vor hatte er die schwarze ausgebeulte Hose und den grauen Kapuzenpullover an. Vor ihm lagen sein Kalender, seine Handys, ein Strohhut und das Textbuch der Passionsspiele, welches er am Nachmittag dem Inspektor gezeigt hatte. Daneben stand ein Glas Rotwein, zu welchem Fröhlich immer wieder griff, um jeweils einen großen Schluck zu nehmen.

„Grüß Gott, Herr Inspektor," hörte dieser plötzlich eine Stimme. Als er sich umdrehte erkannte er den Pfarrer, der soeben den Saal betreten hatte. „Schön, dass sie da sind. Jetzt sehen sie gleich alle Passionsspieler, die eine Sprechrolle haben. Bitte, kommen sie nur herein." Der Pfarrer betrat dicht gefolgt vom

Inspektor den Saal, grüßte nach allen Richtungen, doch galten die Blicke diesmal nicht ihm, sondern dem Inspektor, der von allen Anwesenden misstrauisch von oben bis unten gemustert wurde und obwohl man ihn noch nicht vorgestellt hatte, wussten alle, wer er war.

„Liebe Freunde,“ begann der Pfarrer, nachdem er ein Handzeichen gegeben hatte und daraufhin das Gemurmel der Leute leiser geworden war. „Es haben sicher schon alle von euch gehört, was im Steinbruch passiert ist. Es ist furchtbar und ich kann es nicht in Worte fassen.“ Er machte eine kurze Pause. „Ich glaube es ist mehr als angebracht, wenn wir für Christoph still beten,“ lud der Pfarrer zur Andacht ein. Mit einem Schlag wurde es totenstill im Saal. Alle sahen betreten drein.
Die Stille wurde jäh unterbrochen als Frieda mit schnellen Schritten, sich ausschließlich auf die beiden Weingläser, die sie in den Händen hielt, konzentrierend, den Saal betrat. „So Sascha, da hast du ein neues Glaserl Wein.“ Die Stimme von Frieda, einer der beiden Regieassistentinnen durchschnitt lautstark die Gedenkminute. Als sie aufblickte

schaute sie in die Menge der Passionsspielerinnen und Passionsspieler, welche noch immer schwiegen. „Jesasmaria! Ich habe gar nicht gesehen, dass schon alle gekommen sind. Ich war ja in der Teeküche, um das Weinflascherl zu öffnen. Habe ich jetzt etwas falsch gemacht?“ Über einhundertvierzig Augen sahen sie an. Es war totenstill im Saal.
Sie stellte Fröhlich eines der beiden eben geholten Weingläser zu seinem schon halb ausgetrunkenen Glas dazu und setzte sich neben ihn hin, nach wie vor beobachtet von einhundertvierzig Augen. Ihr Kopf wurde knallrot. Auch Beate, die zweite Regieassistentin der Produktion blickte sie an. Dabei drehte sie immer wieder den Kugelschreiber zwischen ihren Fingern, Frieda hingegen nahm fast in Zeitlupe ihr Rotweinglas und machte einen zaghaften Schluck. Am liebsten wäre sie jetzt im Erdboden versunken.

„Ja, was auch Schlimmes passiert ist, wir können es nicht mehr rückgängig machen,“ sagte der Pfarrer, nachdem er tief eingeatmet hatte, „wir können jetzt nur das Beste daraus machen und es ist doch sicher auch im Sinne von Christoph, wenn wir die Passionsspiele auf die Bühne bringen. Vor allem haben wir aber nicht mehr viel Zeit zu verlieren. Wir haben nur noch eine Probe hier im Haus Nazareth parallel zu den Proben im Steinbruch und dann sind wir nur noch auf der Bühne, oder Sascha?"

Sascha Fröhlich hatte während der ganzen Erklärung des Pfarrers vor sich hingestarrt, jetzt direkt durch denselben angesprochen, nahm er abermals das halbvolle Rotweinglas, leerte es auf einen Zug und nickte. Dann stellte er das Glas wieder ab, um sofort nach dem vollen Glas zu greifen, welches Frieda ihm gerade eben erst hingestellt hatte. Er nahm noch einen Schluck, dann erhob er sich und schaute in die Runde. „Ja, es ist schon gesagt worden, was passiert ist, ist furchtbar, doch wir brauchen eine Lösung und einen neuen Jesus, einer ist uns ja abhandengekommen." Nun war es Fröhlich, den einhundertvierzig Augen anblickten, diesmal kamen ob seiner Aussage noch siebzig offene Munde dazu. Frieda stellte dies mit großer Erleichterung fest, dass nun nicht mehr sie im Mittelpunkt des Geschehens stand und lächelte zufrieden. Es war eine unangenehme Spannung im Saal spürbar. „Schaut, wenn wir spielen wollen," sagte Fröhlich in seiner fast stets uncharmanten und direkten Art, „dann müssen wir das, was passiert ist ausblenden," Dass dies nicht so schnell gehen würde, schien allen klar zu sein. Wieder begannen die Anwesende zu murmeln.

Für den Inspektor gab es hier nun nichts mehr zu tun, da auch an eine normale Probe nicht mehr zu denken war und er sich somit kein Bild von den einzelnen Mitspielern machen konnte. Er beschloss schließlich zu seinem Auto zu gehen und in die Stadt zurückzufahren.

Als er das Haus verlassen hatte und in die Nacht hinaustrat, konnte er noch immer das Stimmengewirr einige Zeit lange hören. Es war selbstverständlich, dass alle nach den Vorkommnissen im Steinbruch viel zu aufgebracht waren, um an die eigentlich angesetzte Probe zu denken. Außerdem lief da irgendwo in Sankt Magdalena offensichtlich ein Mörder frei herum.

Als der Inspektor an einem Haus stehen blieb, an dem eine Tafel angebracht war, dass im Hof dieses Hauses die ursprünglichen Passionsspiele gegründet worden waren, hörte er plötzlich eine Stimme hinter sich.
„Entschuldigen sie, Herr Inspektor? Darf ich sie kurz stören?“ Der Inspektor drehte sich um. „Kogler mein Name, Robert Kogler. Ich bin einer der Jesus-Darsteller. Darf ich sie fragen, ob sie schon eine Spur haben?“ Der Inspektor musterte den jungen Mann von oben bis unten. Er trug einen lässig geschnittenen Pullover und ebenso weit geschnittene Jean und Sportschuhe. Die Haare waren genauso gewellt, wie der Bart der zwei Drittel des Gesichts verdeckte, welches noch von einer Nickelbrille geziert wurde. Obwohl die Situation nicht gerade komisch war, musste der Inspektor innerlich schmunzeln. „So schaut also der Heiland aus,“ sagte er halblaut und griff in seine Tasche, um ein Ingwerzuckerl herauszunehmen. „Nein leider,“ antwortete der Inspektor, „ich habe noch kein Motiv, ich

habe noch keine Spur, ich habe noch keinen Mörder. Aber das wird sich ändern. Ich hoffe nur, dass wir ihn bald finden und dass auch ihr bald einen Reservechristus finden werdet." Wieder musste der Inspektor innerlich über sein Wortspiel, welches Kogler geflissentlich überhörte, lachen und verschluckte dabei beinahe das Zuckerl welches er gerade lutschte. Ein starker Hustenreiz war die Folge. Kogler schaute den Inspektor mit großen Augen an und war sich unsicher, ob er dem Inspektor auf den Rücken klopfen sollte. Schließlich ließ er von seiner kurz angedachten Hilfsaktion ab, da sich der Husten des Inspektors wieder gelegt hatte. „Ja, der Herr Pfarrer und Fröhlich haben schon mit Simon Rauchnig geredet, er könnte sich durchaus auch vorstellen die Rolle zu übernehmen," sagte er schließlich. „Und was ist mit Schuster?", wollte der Inspektor wissen. „Schuster?", wiederholte Kogler und sah den Inspektor an. „Schuster scheint in der Rolle des Judas ganz aufzugehen," sagt er schließlich überzeugt. Der Inspektor runzelte die Stirn. „In der Rolle des Judas aufzugehen, wenn man nun doch die Chance hätte den Heiland spielen zu können?", sagte er ungläubig. „Ich will sie nicht länger aufhalten,“ antwortete Kogler schulterzuckend und riss dabei den Inspektor aus seinen Gedanken, „und ich möchte auch zu den anderen zurück. Ich wünsche noch einen schönen Abend und eine gute Heimreise.“ Dann drehte er sich um und ging mit leicht federndem Schritt zurück in das Haus Nazareth, aus welchem nun die ersten Passionsspieler wieder herauskamen, um auch den Heimweg anzutreten.

Offenbar war auch Sascha Fröhlich, während der Inspektor mit Robert Kogler geredet hatte aus dem Haus Nazareth gekommen und ging nur mit schwankenden Schritten und einer Weinflasche in der Hand in die Richtung der Gästewohnung neben der Pfarrkirche. „Entschuldigen sie, Herr Fröhlich,“ rief ihm der Inspektor nach, „haben sie noch einen Augenblick für mich Zeit? Nur eine kleine Frage.“ Fröhlich drehte sich um und blickte den auf ihn mit schnellem Schritt zukommenden Inspektor an. „Was kann ich für sie tun, Inspektor?“, fragte er und man merkte, dass seine Zunge schon schwer geworden war. Der Inspektor machte eine kurze Pause, bevor er seine Frage formulierte. „Sagen sie mir, Herr Fröhlich, ist der Judas wirklich eine erstrebenswerte Rolle, in der man aufgehen kann?“ Fröhlich hob kurz seinen Strohhut, den er seit dem ersten heißen Probentagen im Steinbruch trug, sobald er das Haus verließ und kratze sich am Kopf. „Absolut. Böse Rollen sind immer gute Rollen und die Rolle des Judas des Verräters ist eine großartige Rolle, für die so mancher gar nicht proben müsste.“ Während er wieder seinen Hut aufsetzte, drehte er sich in die Richtung der Gästewohnung und ging mit schwerem und in der Stille der Nacht dröhnendem Schritt weiter.

„Eine schönen Abend noch, Herr Inspektor,“ rief er dem Beamten noch zu und verschwand im Dunkel der Nacht.
Dem Inspektor schien es, also ob er noch gesehen hätte, wie Fröhlich einen Schluck aus der Weinflasche nahm, bezeugen hätte er es aber nicht können.

VIII

Den nächsten Vormittag und den Großteil des

Nachmittags nützte der Inspektor wieder für Büroarbeiten, schließlich bereitete er sich auch auf den Besuch bei den Eltern des Ermordeten vor. Er war in diesen Fällen immer froh, dass er nicht die Todesnachricht überbringen musste, sondern dies von den lokalen Polizeidienststellen zusammen mit dem Kriseninterventionsteams des Roten Kreuzes übernommen wurde und er wartete sowohl aus Angst etwas Falsches zu sagen, als auch aus Pietätsgründen immer einige Tage, bis er seitens der Mordkommission das Gespräch mit den Hinterbliebenen eines Mordopfers suchte, außer es war bei einem Fall Gefahr in Verzug.

Außerdem hatte er noch immer keine Auskunft über das Obduktionsergebnis, welches sonst nie so lange auf sich warten ließ. Zu seiner großen Ernüchterung hatte auch die Spurensicherung nicht viel ergeben, lediglich, dass sich sowohl auf dem Kreuz als auch auf dem Hammer, der neben dem Kreuz lag und der offensichtlich zum Einschlagen der Nägel verwendet wurde, unzählige Fingerabdrücke befanden, die aber nicht wirklich verwertbar waren, hatten doch sowohl das Kreuz als auch den Hammer während und außerhalb der Probenarbeit zu den Passionsspielen unzählige Personen in ihren Händen gehabt. Auch waren im ganzen Festspielgelände dutzende Reifen- und Fußspuren zu finden gewesen, welche aber allesamt nicht aussagekräftig genug waren und somit keine Hinweise lieferten. Auch Pferdespuren wurden in den Protokollen aufgenommen, allerdings konnte der Inspektor die für die Passionsspiele probenden Pferde als Täter ausschließen, ebenso die in der Produktion eingesetzten Esel. „Zumindest die vierbeinigen Esel, denn die zweibeinigen Esel werden sich noch selbst als Täter entlarven, oder entlarvt werden," sagte er wieder einmal zu sich selbst und seine Mundwinkel wanderten schelmisch nach oben.

Am Weg zu Drehers Eltern hielt er noch schnell bei einem Supermarkt nahe der Ortseinfahrt von Sankt Magdalena, um einzukaufen, denn langsam, aber sicher ging seine eiserne Reserve im Geschenkkorb seines Kofferraumes dem Ende zu und bot nur noch ein halbes Kilogramm italienischer Biobandnudeln und einen Liter feinstes

Olivenöl aus dem Steirischen.
Beide Lebensmittel waren zwar sichtlich von hoher Qualität, schienen dem hungrig gewordenen Inspektor aber doch zu wenig zum Überleben zu sein.

Der Einkauf war schnell erledigt, denn der Inspektor kaufte immer dieselben Lebensmittel ein, sofern Schokolade und saure Fruchtgummis überhaupt zu Lebensmitteln zählten.
Immerhin fand sich aber diesmal auch ein großer Becher Erdbeerjoghurt, sowie ein Säckchen mit Semmeln und Kantwürsten im Einkaufswagen, als er zur Kassa kam. Er verstand nicht, wieso andere Käufer oft stundenlang in Supermärkten verbrachten, wurde er doch schon nervös, wenn in ihm vertrauten Supermärkten diverse Artikel nicht an ihren gewohnten Plätzen waren. Schnell legte er die Ware auf das Förderband und nahm seine Geldbörse aus der Gesäßtasche seiner Stoffhose.
In seinem Kopf rechnete er schon den ungefähren Betrag aus. Er mochte es generell nicht, wenn sich Leute an der Kasse Zeit ließen oder einen Betrag von wenigen

Euro mit der Bankomatkarte beglichen, noch dazu, wenn sie den vierstelligen Geheimcode vergaßen. Diesmal ging es aber schnell.
Kaum hatte er bezahlt, fiel ihm ein, dass er wieder einmal auf das Klopapier vergessen hatte. Er überlegte kurz, ging aber dennoch nicht zurück, sondern vertraute auf seine Küchenrollenvorräte.

IX

Das Gespräch bei Christoph Drehers Eltern, die in einer schmucken Reihenhaussiedlung am Rand von Sankt Magdalena wohnten, dauerte nicht lange und brachte dem Inspektor keine neuen Erkenntnisse. Christoph war, wie es schien überall beliebt. Das Studium hatte er in der Mindeststudienzeit absolviert und sofort einen fixen Posten in einer ID-Firma gefunden. Er ging sich anbahnenden Problemen, Alkohol und Drogen konsequent aus dem Weg und sein einziger Ausgleich zur Arbeit war ab und zu ein Abend mit Freunden bei „Pepis-Sportlertreff“, einem rustikalen und gemütlichem Lokal neben dem örtlichen

Sportplatz, wenngleich er sich nicht wirklich sportlich betätigte. Er ging lediglich manchmal joggen oder drehte mit dem Fahrrad eine Runde in der näheren Umgebung. Er war, könnte man sagen, ein durchschnittlicher junger Mann, vielleicht etwas erfolgreicher als andere Altersgenossen, dafür aber auch ruhiger und zurückgezogener, was sich möglicherweise auch darin ausdrückte, dass er sich für Geschichte interessiert, vor allem für jene seiner unmittelbaren Heimat und im Speziellen für die Ortsgeschichte von Sankt Magdalena.

„Darf ich noch sein Zimmer sehen," fragte der Inspektor am Ende des fast einstündigen Gespräches, bei welchem sich der Inspektor Notizen in ein neues Büchlein gemacht hatte. Die Drehers nickten und Herr Dreher, der auch fast das ganze Gespräch über nur geschwiegen und geweint hatte, schaute seine Frau an, als wollte er sagen „Geh bitte du, ich schaff es nicht."

Frau Dreher stand daraufhin auf. Sie griff nach einer, auf der Seite geöffneten Packung mit Beruhigungspulvern, drückte eine Kapsel heraus und steckte sie in ihren Mund, dann nahm sie noch einen Schluck Wasser aus einem Glas, welches einmal eine große Tageszeitung treuen Abonnenten geschenkt hatte. „Bitte kommen sie mit, Herr Inspektor,“ sagte sie mit erstickter Stimme und machte eine auffordernde Bewegung mit der Hand. Sie stieg mit dem Inspektor eine schmale Treppe in den ausgebauten Dachboden hinauf und öffnete, sich mit einem Taschentuch die Tränen abtrocknend, die Türe. „Bitte, Herr Inspektor. Das hier ist...,“ sie machte eine kurze Pause, „das war sein Zimmer.“ Sie begann abermals zu weinen und ging wieder die Treppe hinab, wobei sie sich mit der einen Hand am Handlauf anhielt und mit der anderen permanent ihre Tränen abtrocknete.

Einen Augenblick stand der Inspektor an der Schwelle des Zimmers und schaute in dasselbe, bevor er hinein ging. Er mochte diese Momente seines Berufes nicht, denn es schien ihm indiskret zu sein in die persönlichste Welt eines Menschen einzudringen, doch sein Beruf verlangte genau diese Vorgehensweise von ihm.

Das Zimmer war nicht allzu groß, aber hell eingerichtet. Die Möbel schienen allesamt aus einem großen international tätigen Einrichtungshaus zu stammen, welches sich auf die Produktion und den Verkauf von Selbstbaumöbeln spezialisiert hatte. Der Inspektor hatte auch einmal bei seinem Neffen in dessen erster Wohnung versucht Regale des besagten Möbelhauses zusammenzubauen, scheiterte aber beim Zusammensetzen der Ladenelemente, sodass er am darauffolgenden Tag doch ein Team des Montageservices kommen ließ. Hier hingegen waren alle Möbel perfekt zusammengebaut. Von der Decke hingen zwei Flugzeugmodelle von Kampffliegern und am Fensterbrett stand eine fleischfressende Pflanze, wie sie in regelmäßigen Abständen auch in diversen Supermärkten immer wieder angeboten wurden. Auf dem Bett lag eine Jeans und ein T-Shirt und in der Ecke des Raumes waren weitere T-Shirts und Socken am Boden verstreut, auf einem Hocker saß ein ehemals weißer Teddybär, dessen Nase sich gelöst hatte und die scheinbar schon einmal neu angenäht worden war.

Der Inspektor kannte dies auch von anderen Fällen, dass die Räume so aussahen, als wären deren Bewohner nur kurz weggegangen. Die Angehörigen hatten es einfach noch nicht übers Herz gebracht den Raum aufzuräumen.
In seinem langjährigen Berufsleben hatte es der Inspektor auch schon erlebt, dass manche Hinterbliebene das Zimmer eines Verstorbenen erst nach Jahren oder überhaupt nicht mehr veränderten und alle Kleidungsstücke und persönlichen Habseligkeiten an ihren angestammten Plätzen sorgsam aufbewahrten.

Der Inspektor blickte sich weiter um. Am Schreibtisch lag das Textbuch der Passionsspiele, welches der Inspektor sofort erkannte, hatte er es doch schon bei Sascha Fröhlich in der Gästewohnung der Pfarre, als auch im Haus Nazareth bei Mitwirkenden der Passionsspiele gesehen. Er legte den Stift, der auf dem Textbuch lag auf die Seite und blättere das rund fünfundvierzig Seiten starke Büchlein durch, wobei ihm gleich auffiel, dass die Passagen des Jesus allesamt mit gelben

Leuchtstift angestrichen waren. Manche Worte im Text waren unterwellt, manche eingeringelt oder mit Rufzeichen versehen. Am Rand der einzelnen Seiten hatte sich Dreher scheinbar die Regieanweisungen, die Fröhlich gegeben hatte, in kurzen Worten notiert.

Der Inspektor staunte nicht schlecht, als er dies alles registrierte, musste er doch an die Schulaufführungen seiner Kindertage zurückdenken, wo er in dem Weihnachtsstück „Mit dem Christkind um die Welt" einen nordischen Weihnachtswichtel namens Tomte darstellen musste. Den Satz den er zu sprechen gehabt hätte, konnte er noch immer. „Kommt der Tomte gelaufen, geschwind wie der Wind, wir tragen die Gaben zum göttlichen Kind." Stunden- und tagelang hatte seine Mutter, die ihm für die Vorstellung noch extra eine rote Mütze mit schwarzer Quaste gekauft hatte, damals mit ihm diesen Satz gelernt. Bei der Aufführung im Turnsaal der Volksschule hatte er ihn dann vor lauter Nervosität vergessen und er begann vor allen Zuschauern bitterlich zu weinen. Seit damals hatte er keine Bühne mehr betreten, mit Ausnahme der Maturazeugnisübergabe, wenngleich er dabei nichts auf der Bühne sprechen musste und ihm somit die Blamage, die ihn als zehnjährigen Weihnachtswichtel traumatisierte, erspart geblieben war.

Hier in Sankt Magdalena hatte es der Inspektor aber nicht mit einer Kinderaufführung mit wenigen Sätzen und vor einer Handvoll Zuschauern zu tun, sondern mit einem langen und komplexen Text, Hundertschaften im Publikum und einem Regisseur, der scheinbar wusste, was er wollte und dies auch von den Darstellerinnen und Darstellern ohne Wenn und Aber einforderte.

Der Inspektor schloss das Textbuch wieder und ließ seinen Blick weiter über den Schreibtisch gleiten. Neben den üblichen Schreibutensilien und einem Ladekabel für das Handy, sowie einem Klebestift und einer Schere lagen noch einige Zeitschriften herum, ebenso ein flacher Karton, in dem Klarsichtfolien waren. Eine aufziehbare Blechmaus stand neben einem kleinen geschnitzten Holzkopf, dahinter waren einige Fotos angelehnt, die scheinbar auf einem Schulausflug gemacht worden waren. In den Schreibtischladen herrschte dasselbe Chaos wie in fast allen Schreibtischladen dieser Welt und Büroklammer, Lineale, Stifte und alte Handys lagen kreuz und quer darin herum.

Im Regal neben dem Schreibtisch standen die unterschiedlichsten Bücher und in den unteren Fächern Mappen, die Christoph Dreher selbst beschriftet haben dürfte. Auf allen Mappen prangte das Wappen von Sankt Magdalena, eine goldene geschwungene Frauengestalt auf rotem Grund mit einem kleinen Fläschchen in der Hand. Der Inspektor kannte das Wappen, da er es schon auf einem Werbefolder des örtlichen Verschönerungsvereines gesehen hatte, welcher sich mit voller Hingabe der unzähligen Blumenbeete, Bänke und historischer Kleindenkmäler annahm und der versuchte in der Fremdenverkehrsgemeinde alles bestmöglich sauber und intakt zu halten. Über den Wappen waren jeweils Klebetiketten angebracht, welche den Inhalt der einzelnen Mappen verrieten. „Sankt

Magdalena zur Römerzeit," las der Inspektor halblaut, als er die erste Mappe aus dem Regal nahm. Als er sie öffnete, fand er Artikel, Zeitungsausschnitte und Ausdrucke aus dem Internet, welche alle feinsäuberlich in Klarsichtfolien einsortiert waren. Eine andere Mappe schien wiederum die Geschichte von Sankt Magdalena seit der Zeit der Ersten Republik, eine andere alles über berühmte Sankt Magdalener und Magdalenerinnen zu beleuchten.

„Das war sein Hobby," hörte der Inspektor die Stimme von Christoph Drehers Mutter hinter sich. Er hatte gar nicht gemerkt, dass sie zurückgekommen war. „Christoph sammelte alles, was er von Sankt Magdalena finden konnte, sei es im Internet, in Büchern oder Zeitschriften. Jede Zeitung durchforstete er akribisch." Als sich der Inspektor umdrehte, sah er in ihre verweinten Augen. „Er wollte eine Chronik über Sankt Magdalena verfassen und darum hat er sich ja auch so gefreut, als ihm Herr Fröhlich die Rolle des Jesus bei der heurigen Passion angeboten hatte. Er war sich sicher, dass er damit auch einen Platz in der Chronik über Sankt

Magdalena finden würde, denn wissen sie, Herr Inspektor...," sie machte eine kurze Pause und schnäuzte sich in ein schon ganz aufgeweichtes Taschentuch, „...wir sind Zuagraste. Da ist es nicht selbstverständlich, dass man so eine gewichtige Rolle, dass man DIESE Rolle spielen darf. Den Jesus." Wiederum musste sie sich schnäuzen, um sich gleich danach mit demselben Tuch die Tränen aus den Augen zu wischen, welche sich wieder unter den Liedern gesammelt hatten. „Christoph kam, nachdem er im Volk mitspielte und dann den Diener des Pilatus spielen durfte bis jetzt über einen Apostel nicht hinaus." Sie machte erneut eine kurze Pause. „Einen stummen Apostel," fügte sie schließlich leise schluchzend hinzu. „Wie bitte?", frage der Inspektor. „Mehr als einen stummen Apostel durfte er nicht spielen," wiederholte Frau Dreher traurig. „Nein, das meine ich nicht," antwortete der Inspektor schnell, „ich meine, dass, was sie zuerst gesagt haben. Sie sind was?" Trotz aller Trauer und des Schmerzes musste Frau Dreher etwas lächeln. „Zuagraste, also Zugezogene. Verstehen sie? Wir haben früher in Oberwart gewohnt und leben erst seit zwanzig Jahren in Sankt Magdalena. Als wir hierhergezogen sind, war Christoph gerade einmal drei Jahre alt.“ Sie zeigte auf einen Zeitungsausschnitt, der auf einer kleinen Korkpinwand über Christophs Schreibtisch, welcher der Inspektor zunächst keine Beachtung geschenkt hatte, mit einem Reißnagel fixiert war und der Christoph, Robert Kogler, den Pfarrer und Sascha Fröhlich zeigte. Rechts neben dem Text hatte scheinbar Christoph ein Rufzeichen mit einem gelben Leuchtstift gemacht. „Es war bei der Spielerpräsentation im letzten Spätsommer schon eine kleine Sensation, als Herr Fröhlich bekannt gab, dass mein Christoph, also ein ‚Zuagraster‘ einer der beiden Jesus-Darsteller sein würde,“ erzählte Frau Dreher und in ihre Stimme mischte sich zur Trauer doch auch eine Portion Stolz. „Frage nicht, wie da manche geschaut haben.“

Der Inspektor blickte sie verwundert an und ertappte sich, wie er in seiner Nase zu bohren begann. „Ich verstehe,“ murmelte er, dabei verstand er gar nichts. Dennoch schien aus dem Nebel der Ermittlungsahnungslosigkeit ein mögliches Motiv aufzusteigen.

Nachdem er gefragt hatte, ob er sich die Mappe mit den Ausschnitten und Artikeln über die Geschichte der Passionsspiele mitnehmen dürfe, verließ er, nachdem er sich bei Frau Dreher verabschiedet hatte, Herr Dreher war schon längst ins Schlafzimmer gegangen, das kleine Reihenhaus am Rande der Ortschaft.

Obwohl es schon Anfang Mai war, war der Abend kühl. Das Gespräch hatte schlussendlich länger gedauert, als es der Inspektor eingeplant hatte, dafür glaubte er nun endlich eine mögliche Spur zu haben. Die Mappe mit unzähligen Artikel über die Geschichte der Passionsspiele von Sankt Magdalena am Beifahrersitz seines Autos liegend, fuhr der Inspektor in gemäßigtem Tempo in die Stadt zurück.

X

Am nächsten Tag begann der Inspektor die Mappe, welche ihm Christoph Drehers Mutter mitgegeben hatte, zu sichten. Vorsichtig nahm er Artikel für Artikel und Seite für Seite

aus den Klarsichtfolien. Es war faszinierend, wie aus einer Idee einiger Jugendlicher und ihres damaligen Pfarrers Passionsspiele veranstalten zu wollen, eine fast hundertjährige Tradition entstanden war. Gerade Zeitungsberichte, welche in erster Linie zu runden Jubiläen erschienen, würdigten diese historische Leistung. Andere Artikel wiederum stellten einzelne Passionsspielerfamilien vor oder beleuchteten gerade in den letzten Jahren auch das soziale Engagement der Passionsspielgemeinde, welche immer wieder namhafte Geldbeträge an sozial Bedürftige spendete.
Aufschlussreich waren für den Inspektor auch Interviews mit den Jesusdarstellern über die Jahrzehnte hindurch und mit den jeweiligen Pfarrern, welche auch, wie in den Artikeln immer wieder betont wurde, stets auch als Spielleiter fungierten, wie der Inspektor einem Interview mit dem Vorgänger des jetzigen Pfarrers entnehmen konnte. Da es aber bei den Passionsspielen der letzten Jahrzehnte immer wieder auch Regisseure gab, welche, so wie in dieser Saison Sascha Fröhlich engagiert worden waren, kannte sich der Inspektor nicht mehr aus. Auch der jetzige

Pfarrer von Sankt Magdalena hatte immer wieder erklärt der Spielleiter der Passionsspiele zu sein. Es war vielleicht nur ein Detail am Rande, aber den Inspektor ließ es nicht mehr los. Er runzelte die Stirn und ging zu einem schmalen Bücherregal, welches neben einer großen Stehlampe stand, deren Glühbirne schon seit einem geschätzten halben Jahr ausgebrannt war. Der Inspektor griff, als er sich vornahm bei nächster Gelegenheit nicht nur ausreichend Klopapier, sondern auch eine Glühbirne einzukaufen, zum Duden, der gleich neben einem Bildband über die Azoren stand, den er einmal bei einer Tombola gewonnen hatte. Dann begann er darin zu blättern. Schließlich schlug er eine Seite auf und begann sich selbst vorzulesen.

„Regisseur. Ein Regisseur (von französisch régisseur, régir ‚leiten'), auch Spielleiter genannt, führt Regie und ist damit traditionell neben dem Schauspieler die entscheidende Person bei der Aufführung von Werken der darstellenden Kunst."

„Sankt Magdalena hat also nicht nur ein

mögliches Problem mit einem ‚zuagrasten' Jesus-Darsteller, sondern scheinbar auch zwei Regisseure, oder ist es doch ein Regisseur und ein Produktionsleiter und man unterscheidet es einfach nicht," lachte er laut auf.

Es waren aber nicht die einzigen Diskrepanzen, welche dem Inspektor bei der Lektüre der Mappe auffiel und so notierte er sich einige Punkte, welchen er unbedingt nachgehen wollte und in welchen er ein mögliches Motiv für den Mord sah.

Da der Inspektor am Abend ins Haus Nazareth fahren wollte, wo die letzte Szeneprobe für die Passionsspiele stattfinden sollte, plante er für den Nachmittag eine kurze Auszeit ein, in welcher er in seinen kleinen Schrebergarten am Stadtrand fahren wollte, nicht nur um Hecken und Sträucher etwas zurückzuschneiden, welche üppig vor sich hin wucherten, sondern auch einen Krimi zu lesen, den ihm eine Bekannte geschenkt hatte. Eigentlich hasste er Krimis, noch dazu, weil in ihnen die Inspektoren stets etwas schrullig und komisch dargestellt wurden, aber diesen wollte er doch lesen.

Als er alles hergerichtet hatte und schon im Stiegenhaus war, um in die Garage zu gelangen, läutete sein Handy. Mühsam alle Plastiktaschen, einen Rechen und die Baseballmütze, die er wegen seiner leichten Glatze im Garten stets bei zu starker Sonne aufhatte, in eine Hand gebend, kramte er in seiner Hosentasche schließlich zwischen Wohnungsschlüsseln und dem Schlüssel für das Auto sein Handy heraus.

Er hob ab und legt das Handy zwischen Wange und Schulter und zog nun mit der frei gewordenen Hand die Wohnungstüre hinter sich zu. Dabei wäre er, nachdem ihm seine Schuhbänder aufgegangen waren, beinahe über die Fußmatte mit den darauf abgebildeten Kätzchen gestolpert. Es hätte nicht viel gefehlt und er wäre vor seiner Wohnungstüre zu Fall gekommen.

„Obduktion gelungen, Patient tot," dröhnte es mit einem Unterton von leichtem Sarkasmus aus dem Handy. „Mahlzeit Dottore," sagte der Inspektor und merkte dabei, dass er sich soeben verrissen hatte, da ihm beim Reden der Brustkorb und die Seite leicht schmerzte. „Ich habe schon längst auf ihren Anruf gewartet. Erkenntnisse?“ „Wie ich vermutet habe, er war schon tot, als man ihn aufs Kreuz gehängt hat,“ sagte der Gerichtsmediziner. „Verstehe. Wann darf ich vorbeikommen?“, fragte der Inspektor und kramte mit jener Hand, mit welcher er gerade die Türe zugezogen hatte, wieder in seiner Hosentasche, um nun den Wohnungsschlüssel herauszunehmen, um die Türe zu versperren. „Am besten gleich,“ klang es aus dem Handy, „denn am Nachmittag ist schon wieder andere Kundschaft da.“

XI

Eine knappe halbe Stunde später befand sich der Inspektor in einem kühlen Raum, der durch die weißen Fliesen an den hohen Wänden und das grelle Neonlicht, welches zwei große Lampen spendeten, noch kühler wirkte. In der Mitte standen drei Nirostatische für die Obduktionen. Zwischen den

Nirostatischen, an deren Kopfenden auch jeweils kleine Brausen montiert waren, standen kleine Tischchen aus demselben Material mit den unterschiedlichsten Skalpellen, Pinzette und anderen medizinischen Geräten darauf, darunter auch eine Knochensäge, welche den Inspektor unweigerlich an seinen Werkzeugkasten erinnerte.
Auf der einen Seite des Raumes, dessen Fenster mit einer Folie beklebt waren, um so den Einblick von außen in den Raum zu verhindern, waren weiße hüfthohe Kästchen, auf welchen einige Notizzettel und Listen, welche auf Klemmbrettern montiert waren, lagen. Auf einer Magnetwand waren Tatortfotos und Schriftstücke mit bunten, runden Magneten angebracht, dazwischen waren mehrere Urlaubskarten zu sehen, ebenso der Folder einer Pizzeria mit Zustellservice. Einige leere Pizzakartons neben dem Mistkübel und ein halboffener Karton, in welchem noch einige Stücke einer Pizza-Hawaii lagen, zeugte davon, dass das Service scheinbar immer wieder in Anspruch genommen wurde. Der Geruch der schon kalt gewordenen Pizza vermischte sich mit jenem

von Desinfektionsmittel und dem typischen Geruch von Obduktionssälen, den der Inspektor nicht beschreiben konnte.
Neben einem nicht allzu großen Waschbecken und einem Seifenspender lag ein großer Stapel mit Papierhandtüchern, davor lagen auf einem kleinen Hocker Tageszeitungen.

„Also," sagte der Gerichtsmediziner, nachdem er sich die Hände gewaschen und von dem Stapel mit den Papierhandtüchern einige Tücher genommen hatte um seine Hände abzutrocknen, „wie ich schon im Steinbruch vermutet habe. Er ist tot aufs Kreuz gehängt worden. Die Todesursache war vermutlich ein wuchtiger Schlag auf den Hinterkopf. Ich zeige es ihnen, Inspektor." Während er über den Brillenrand seiner Hornbrille blickend mit der rechten Hand noch einige Buchstaben in den Laptop, der auf einem schmucklosen Schreibtisch nahe der Wand stand, eintippte, verwies er, ohne aufzublicken mit der anderen Hand in Richtung der Obduktionstische. Auf zwei der drei Tische lag jeweils eine Leiche, welche mit einem weißen Tuch abgedeckt war. Der Inspektor schaute zunächst fragend zum Gerichtsmediziner, der dies aber aufgrund der Arbeit am Laptop nicht wahrnahm. Also wandte er seinen Blick zu jenem Beamten, der, wie es bei einer kriminalpolizeilichen Leichenöffnung vorgeschrieben war, anwesend war und mitten in der Prosektur an der Stirnseite des Raumes saß. Da auch dieser nicht aufblickte, um zumindest mit seinen Augen einen Hinweis geben zu können, welche Leiche die richtige sei, blieb der Inspektor gleich beim ersten Leichnam stehen. Nur die Zehen ragten unter dem Tuch heraus. Um die große Zehe war ein Bindfaden gebunden, an welchem ein Zettel herunterhing. Der Beamte blickte kurz auf und zeigte mit dem Zeigefinger auf den zweiten Leichnam. Dabei wickelte er geschickt mit der anderen Hand eine Wurstsemmel aus.

In diesem Moment klappte der Gerichtsmediziner seinen Laptop zu, richtete sich auf und schaute den Inspektor an, der gerade im Begriff war von dem einem Leichnam zum anderen zu gehen. „War heute eine fünfzig-fünfzig-Chance, Herr Inspektor, aber die richtige Leiche ist dort drüben,“

lachte er und ging am Inspektor vorbei zu jenem Obduktionstisch, welcher neben der Türe lag.

„Also," sagte er, indem er das Tuch, welches den Toten bedeckte, bis unter den Kopf zurückschlug, „die Todesursache war ein kräftiger Schlag auf den Hinterkopf." „Nur ein Schlag?", fragt der Inspektor ungläubig. „Ja, nur ein Schlag. Muss aber wirklich fest gewesen sein," wiederholte der Mediziner und wischte sich einen kleinen Pizzakrümel aus dem Mundwinkel.
Er nahm sich Einweghandschuhe aus der Tasche seines weißen Mantels. Nachdem er sie angezogen hatte, hob er vorsichtig den Kopf des Toten mit einer Hand an und zeigte mit dem Zeigefinger der anderen Hand auf den zertrümmerten Hinterkopf. Der Inspektor bückte sich und sah die Stelle an, die ihm der Gerichtsmediziner zeigte. „Tatwaffe?", wollte der Inspektor kurz und bündig wissen. „Eine starke Metallstange, eine gefüllte Flasche, ich kann es nicht sagen, Inspektor. Ich habe nichts gefunden. Leider."

„Hat es einen Kampf gegeben?", fragte der

Inspektor als der Mediziner den Kopf des Leichnams wieder vorsichtig auf die Nirostafläche zurücklegte. „Auch hier muss ich sagen, dass ich das fast ausschließen kann," antwortete der Gerichtsmediziner und blickte genauso wie der Inspektor auf das Gesicht des Toten. „Keine Spuren eines Kampfes, nichts unter den Fingernägeln, nichts, was sonst klassisch dabei wäre. Es war nur ein einziger Schlag."

Der Inspektor zog eine Augenbraue hoch und atmete tief durch, wobei das Atmen eher nach einem tiefen Seufzer klang. Der Beamte, welcher am Rand des Raumes saß hatte in der Zwischenzeit die Wurstsemmel halb aufgegessen und trank nun aus einer Dose einen Energydrink.

„Ja, viel sind wir nicht weitergekommen," murmelte der Inspektor, „aber dennoch danke, Doc." „Ich kann nichts dafür," sagte dieser fast entschuldigend und deckte den Leichnam wieder zur Gänze zu, während der Inspektor nach einem Ingwerzuckerl in seiner Hosentasche suchte.

Als er eines gefunden hatte, wickelte er es aus und steckt es in den Mund, nicht ohne den Blick vom nun wieder zugedeckten Leichnam zu nehmen, dann dreht er sich um und ging zur Türe, welche sich automatisch auf die Seite hin öffnete.

„Vielleicht ist da noch etwas, was sie brauchen können, Herr Inspektor," sagte der Gerichtsmediziner. Der Inspektor drehte sich um und schaute sein Gegenüber fragend an. „Es ist mir schon im Steinbruch aufgefallen. Der, der in gekreuzigt hat, wusste genau, was er tat. Hat aber mit der Todesursache nichts zu tun" „Wie meinen sie das?", wollte der Inspektor wissen. „Kommen sie nochmals mit zu ihm," sagte der Gerichtsmediziner und nahm den Inspektor unter dem Arm, um ihn nochmals zum Leichnam des Ermordeten zu führen, wo er das weiße Tuch, welches den Leichnam bedeckte, nun auf der Seite zurückschlug.
Mit einer Hand das Tuch weghaltend, griff er mit seiner anderen Hand in die Brusttasche seines weißen Mantels und nahm einen Stift heraus, mit dessen Spitze er zur Wunde an der Hand des Verstorbenen deutete. „Der Täter hat die Nägel durch die Handwurzelknochen getrieben, Herr

Inspektor, nicht durch die Handflächen," sagte er.

XII

Statt den Nachmittag mit Gartenarbeiten zu verbringen, saß der Inspektor nun in der Küche seines kleinen Schrebergartenhäuschen. Dieses hatten einst seine Großeltern selbst gebaut und seit damals wurde nicht viel umgestaltet, was sich beispielsweise in der Ausstattung der Küche, welche eigentlich nur aus einem kleinen Herd, sowie einem kleinen Spülbecken, über dem ein Durchlauferhitzer montiert war, widerspiegelte. Das Geschirr, Töpfe, Kaffeetassen, Besteck und andere Küchenutensilien fanden in einer weiß lackierten Kredenz Platz, welche aus der Nachkriegszeit stammte und deren geätzte Milchglasscheiben schon den einen oder anderen Sprung hatten. Eine Essecke, im bäuerlichen Stil passte gerade noch in den kleinen und niedrigen Raum, von welchem aus auch die Türe zu einem winzigen Badezimmer mit Dusche und Waschbecken

wegführte. Im oberen Stock war nur ein kleines Wohnschlafzimmer mit einem Doppelbett, welches damals, als man es hierhergebracht hatte, mühsam auseinander gebaut werden musste, um es über die kleine steile Treppe hinauftragen zu können. Das Bett und ein Kasten, in welchem der Inspektor nur einige alte Jacken und einen Karton mit Christbaumschmuck, sowie seine alten Teddybären aufbewahrte, war die einzige Einrichtung des sonst schmucklosen Raumes. An dessen Wände hatten seine Eltern in den Siebzigerjahren des letzten Jahrhunderts hellgrüne Blumentapeten angebracht, welche sich aber in ihrer Farbgestaltung mit dem orangen Spannteppich schlugen, der ebenso noch von seinen Eltern verlegt worden war.
Es war ein bescheidenes Häuschen, aber der Inspektor liebte es hier zu sein. Es war für ihn Rückzugsort und Heimat zugleich, noch dazu, weil er hier auch, nachdem er den Kinderschuhen entwachsen war, sämtliche Spielsachen seiner Kindheit in Kartons in einem kleinen Geräteschuppen auf der Rückseite des Häuschens untergebracht hatte, ebenso die Bücher aus seiner

Schulzeit. Diese lagerten mit Masse in alten Bananenkartons. Sie verbreiteten einen unangenehmen und leichten Modergeruch, der seinen Ursprung in einem Wassereinbruch hatte. Vor Jahren hatte sich einmal bei einem Sturm ein Dachziegel verschoben und beim darauffolgenden Gewitter war Regenwasser eingedrungen und hatte sämtliche Schachteln mitsamt Inhalt aufgeweicht.
Dennoch konnte sich der Inspektor nicht von seinen Schulbüchern trennen und nun war er froh in einer der Kartons seine alte Schulbibel zu finden.

Er gab die anderen Bücher wieder zurück in die Schachteln und ging mit der schon leicht vergilbten Bibel zurück in die Küche, wo er sie auf den Küchentisch, der mit einem grob gemusterten Tischtuch bedeckte war, ablegte. Dann ging er zum Herd, um sich einen Topf für heißes Wasser aufzustellen, welches er für seinen Löskaffee benötigte. Er hatte sich schon lange vorgenommen eine Kaffeemaschine für den Schrebergarten zu kaufen, hatte aber immer vergessen sie zu besorgen. Nun musste er sich mit dem

Löskaffee begnügen, der ihm eigentlich nicht wirklich schmeckte, ihn aber unweigerlich an seine Jugendzeit erinnerte, als er mit dem Auto quer durch halb Europa fuhr und sich auch fast ausschließlich von Instantsuppen und Löskaffee ernährte. Er nahm die Dose mit dem Löskaffee und rührte diesen in das kochende Wasser, dass er in die Tasse gegossen hatte, ein.
Dann stellte er diese auf den Tisch und begann in der Bibel zu lesen. Ob er wollte oder nicht, der Inhalt der Bibel faszinierte ihn und er las Seite um Seite. Dabei dachte er an seinen Religionsunterricht zurück und war verwundert, dass er von all diesen Geschichten im Unterricht selten bis nie etwas gehört hatte.

Schon aus beruflichem Interesse las er jetzt mit Blick auf den Fall im Steinbruch die Passionserzählungen der vier Evangelisten und war recht enttäuscht, dass diese nicht genauer auf Details der Kreuzigung eingingen. Details die vielleicht beim Lösen des Falls hätten helfen können.
Er nahm einen Schluck Löskaffee und kniff aufgrund des Geschmacks für einen kurzen

Moment die Augen zusammen.

Schließlich holte er seinen Laptop, stieg in das Internet ein und gab in einer Suchmaschine das Wort „Kreuzigung“ ein. In einem Bruchteil von Sekunden wurden ihm mehr als zwei Millionen Internetseiten angeboten, welches sich mit dem Thema beschäftigten. Also versuchte er die Suche einzugrenzen und gab schließlich noch zusätzlich das Wort „Nagelung“ in den Laptop ein. Auch wenn es noch immer über neunhunderttausend Treffer waren, wurde er schließlich nun doch schneller fündig.

Aufmerksam las er sich den Inhalt einiger der angezeigten Seiten durch und verstand nun, was der Gerichtsmediziner gemeint hatte, dass es sich bei dem Mörder um jemanden handeln müsste, der genau wusste, was er tat, indem er die Nägel zwischen die Handwurzelknochen hindurch in das Holz des Kreuzes getrieben hatte und nicht wie es überall dargestellt wird durch die Handflächen. Dort wäre durch das Gewicht des Körpers der Leichnam sehr schnell abgerissen.

„Wer kann so etwas wissen?“, fragte der Inspektor halblaut.

XIII

Als der Inspektor abends zur Passionsspielprobe ins Haus Nazareth kam, parkten schon einige Autos davor. Eine kleine Gruppe von Männern stand auf der Seite neben dem Eingang mit der defekten Türklinke, welche das letzte Mal, als der Inspektor hier war, beim Aufsperren Probleme gemachte hatte. Die Männer mittleren Alters unterhielten sich lautstark, aber so sehr sich der Inspektor auch konzentrierte, er konnte nur Gesprächsfetzen verstehen und nicht wirklich hören, worüber sie sich sehr aufgebracht unterhielten. Das Gespräch drehte sich wahrscheinlich, wie viele Gespräche der letzten Tage in Sankt Magdalena, um den Toten am Kreuz im Steinbruch. Sogar beim regionalen Erdbeerverkaufsstand war der Mord Thema Nummer eins und der Bürgermeister der sonst so beschaulichen Gemeinde musste in unzähligen Interviews festhalten, dass Sankt

Magdalena sonst ein friedlicher Ort sei.

Das Gespräch der Herrenrunde vor dem Haus Nazareth verebbte sehr schnell, als sich der Inspektor der Gruppe näherte. Er grüßte höflich. Die Männer grüßten nahezu wortlos durch Kopfnicken zurück. Er ging in das Gebäude hinein und sah durch die Flügeltüre, welche vom Foyer in den Saal führte, dass Sascha Fröhlich auch schon anwesend war.
Neben ihm saß ein junger Mann mit schwarzem Bart. Er trug ebenso wie Fröhlich einen Kapuzenpullover, dessen Rückseite das Loge der Passionsspiele zierte, darunter war in großen Buchstaben der Schriftzug „Passio Sankt Magdalena" zu lesen. In seinen Händen hielt der junge man ein Textbuch der Passionsspiele, sowie eine kleine mintgrüne Thermoskanne.
Der Inspektor beobachte die zwei, die in einem tiefen Gespräch waren, welches nur durch Frieda unterbrochen wurde, die wie beim letzten Mal ein Glas Rotwein auf Fröhlichs Platz stellte. Ihr Rotweinglas, stellte sie vor sich hin um sich dann wieder zu Beate, die neben ihr saß zu drehen, um mit derselben zu plaudern.

„Oh, Herr Inspektor, schön, dass sie da sind," hörte der Inspektor die Stimme des Pfarrers. „Grüß Gott, Herr Pfarrer. Naja, sie sind ja auch da," folgte die prompte Antwort. „Ja," antwortete der Pfarrer mit einem breiten Lächeln, „ich bin ja bei jeder Probe dabei."

Ein Mann, der ebenso wie Fröhlich und der junge Mann mit dem Bart einen Kapuzenpullover trug und der neben Fröhlichs Regietisch bei einem elektronischen Klavier, auf dem eine Unmenge an Notenblättern lagen, saß, hob den Kopf und blickte den Pfarrer fragend über den Rand seiner Brille hinweg an. Dabei fiel dem Inspektor auf, dass sein Mund etwas offen stehen blieb. „Naja, bei fast bei jeder Probe war ich bis jetzt da," korrigierte sich der Pfarrer schnell, „schließlich habe ich noch andere Aufgaben." Er versuchte über seinen Scherz zu lachen. „Jaja, verständlich," sagte der Inspektor und nickte so, als ob er den Pfarrer wieder beruhigen wollte, „sowie bei uns im Präsidium." Von Mann am Klavier war nur ein leises „Naja," zu vernehmen, sonst schwieg er. Dann seufzte er tief durch und wandte sich wieder den Noten zu, die am Klavier lagen, ohne die beiden die neben ihm standen weiter anzusehen.

„Darf ich fragen, wer der junge Mann ist?“, fragte der Inspektor den Pfarrer, der den Mitwirkenden, welche schon auf der anderen Seite des Saales standen, zuwinkte. Dort war auch ein Werberollup der Passionsspiele aufgestellt, welches nur den Sinn haben konnte die Passionsspieler selbst auf die Spiele einzuschwören, dachte der Inspektor im Stillen, denn eine weitere Werbewirksamkeit konnte es ja hier, wo außer den Spielern bei den Proben niemand hinkam, nicht entfalten. „Das ist Simon Rauchnig unser neuer Jesus-Darsteller,“ sagte der Pfarrer, „nachdem ja der Christoph ...“ Er holte tief Luft, „naja, sie wissen ja.“ Der Inspektor nickte. „Ja,“ murmelte er.

Immer mehr Darsteller kamen in das Haus Nazareth und nachdem Fröhlich das Gespräch mit Rauchnig beendet hatte, schlug er sein Textbuch auf, griff wie automatisch zum Weinglas, das vor ihm stand und macht einen kräftigen Schluck. Dann nahm er einen violetten Kugelschreiber mit Werbeaufdruck und machte sich eine Notiz. „Wir haben aus den bekannten Gründen einen unglaublichen Aufholbedarf bei den Proben," begann Fröhlich seine Ausführungen, ohne auch nur ein einziges Mal aufzublinken. Seine Augen schienen das Textbuch zu fixieren, wie wenn vor seinem geistigen Auge die Szene lebendig werden würde, „also müssen wir extrem konzentriert arbeiten. Klar? Wir starten gleich mit der Abendmahlszene und dann hängen wir die Streitgespräche Jesu mit den Pharisäern an."

Nun blickte er für den Bruchteil einer Sekunde auf und nahm wieder einen Schluck Rotwein zu sich. Frieda und Beate begannen in ihren Aufzeichnungen zu blättern und mehrere Tische wurden in die Mitte des Raumes getragen. Fröhlich drehte sich mit seinem Drehsessel, auf welchem scheinbar eine Rolle gebrochen war, sodass der Sessel leicht schräg stand, zu dem Mann am Elektroklavier. Der Inspektor konnte zwar nicht hören was sie sprachen, aber es war unschwer zu erraten, dass es um die Szene ging, die Fröhlich jetzt proben wollte und die er scheinbar wild mit seinen Händen gestikulierend erklärte. Der Mann am Klavier nickte, wobei seine Augen konzentriert nach oben, über den Brillenrand seiner Brille hinweg, blickten. Dann machte er sich Notizen in seinem Textbuch.

„So, dann steigen wir ein," sagte Fröhlich und gab ein Zeichen mit der Hand. Doch kaum, dass die Szene begonnen hatte, wurde sie von Fröhlich auch schon wieder abgebrochen. Er begann an dem Nagel seines kleinen Fingers zu beißen. „Wieso sind da nur neun Apostel?", fragte er, und es klang eher nach einer verärgerten Feststellung als nach einer Frage. „Zwölf" Zwölf! Zwölf! Es müssen zwölf Apostel sein. Auch schon bei der Probe!"
Frieda, Beate und alle anderen im Raum anwesenden zuckten leicht zusammen. „So kann man nicht proben. So kann ich nicht proben," grollte Fröhlich nun verärgert. „Und wo sollen wir die anderen Apostel hernehmen, wenn sie krank sind," wagte sich einer der Darsteller aus der Deckung. „Das ist mir egal, dann muss jemand einspringen. Oder wollt ihr auch bei den Vorstellungen

dann den Leuten sagen, dass wir leider nur acht oder neun Apostel haben, weil die anderen krank sind? Lächerlich! Das ist doch höchst unprofessionell.“ Er drehte sich im Sessel hin und her und stand schließlich auf. „Und da braucht man sich auch nicht ausreden, dass man eine Laienbühne ist. Bis zwölf wird wohl jeder zählen können, oder?“

Betretenes Schweigen war die Folge und wenn Blicke hätten töten können, hätte der Inspektor jetzt den nächsten Fall zum Aufklären gehabt, nämlich den Mord an Sascha Fröhlich.
Dieser setzte sich nach einigen Momenten, in welchen die Spannung unerträglich wurde, wieder auf seinen Sessel, nahm einen Schluck Wein und begann wieder im Textbuch zu blättern, als ob er alle Zeit der Welt hätte. „Da wird man ja noch zum Alkoholiker,“ murmelte er. Schließlich nahm er sein Handy heraus und begann etwas einzutippen. Nach einigen Minuten blickt er auf. „Und? Haben wir jetzt zwölf Apostel, oder sollen wir die Bibel umschreiben?“, sagte er schließlich mit einem Unterton aus Sarkasmus, Verärgerung und leichter

Resignation. „Nein nein, Sascha. Es sind jetzt drei von den Pharisäern als Apostel eingesprungen. Schön, gell?“, versuchte Frieda ihn zu beruhigen und goss noch aus einer fast vollen Flasche, die sie unter dem Tisch stehen hatte, in das Glas des Regisseurs Rotwein nach. Sie selbst nahm gleich einen vollen Zug aus der Flasche und stellte diese wieder unter den Tisch.
„Na dann bitte von vorne und wenn es leicht geht mit zwölf Apostel,“ murmelte Fröhlich und blickte in die Mitte des Saales. Sein Handy hielt er weiterhin in der Hand.

Der Inspektor hatte diese Sozialstudie aus der Welt des Theaters und jener des Laienspiels genau beobachtet. Sein Blick wanderte dabei von Gesicht zu Gesicht der anwesenden Personen, doch er fand nicht wirklich etwas, was ihm bei seinem Fall hätte weiterbringen können.

Nach etwas mehr als einer Stunde machte Sascha Fröhlich eine Probenpause, die der Inspektor dazu nützten wollte, um sich zwischen die Darsteller zu mischen, welche sowohl im Saal als auch im Foyer und der kleinen Teeküche in Gruppen zusammenstanden und miteinander redeten. Etwas abseits von ihnen stand Simon Rauchnig, der neue Jesus-Darsteller und studierte eifrig das Textbuch. Seine Lippen bewegte sich lautlos. Auf dem Regal neben ihm stand die mintgrüne Thermoskanne, deren Deckel er abgenommen hatte und den er nun als Trinkbecher verwendete. Der Dampf des Tees stieg auf und zeichnete weiße Wölkchen über der Thermoskanne und dem Becher. „Ingwertee," murmelte der Inspektor und trat an Rauchnig heran, „das ist Ingwertee."

„Gratulation zur Rolle," sagte er schließlich und blickte den neuen Jesus-Darsteller an, „ist gewiss eine große Herausforderung für sie, so knapp vor der Premiere diese riesige Textmenge zu merken." „Danke," sagte Simon Rauchnig, „den Jesus zu spielen ist immer eine Herausforderung, nicht nur wegen des Textumfanges." „Mir ist aufgefallen, dass sie dafür, dass sie die Rolle erst vor einigen Tagen übernommen haben, schon unglaublich viel Text können, teilweise sogar wesentlich mehr als andere Darsteller, die ihre Rolle schon seit Monaten proben," konfrontierte der Inspektor Rauchnig mit seinen ersten Beobachtungen und bohrte dabei mit seinem Zeigefinger im rechten Ohr. „Wie meinen sie das?“, wollte Rauchnig wissen. „Nun ja, es hat ehrlich gesagt den Anschein, als hätten sie die Rolle schon vorher gelernt, noch bevor sie ihnen zugesagt wurde. Sie verpassen nahezu keinen Einsatz und selbst die schwierigen und langen Textpassagen können sie ohne Probleme wiedergeben,“ antwortete der Inspektor, „das ist schon verblüffend, oder?“

Simon Rauchnig ließ das Textbuch sinken. „Sie verdächtigen mich, Herr Inspektor?“, fragte er ungläubig. „Ich verdächtige noch niemanden,“ antwortete dieser schnell und suchte wieso oft ein Ingwerzucker in seiner Tasche, „noch beobachte ich und stelle fest. Aber, finden sie nicht auch, dass sie ein Motiv hätten?“ Rauchnig schaute den Inspektor mit offenem Mund an, sein Gesicht wurde ganz weiß. “Ja, Herr Inspektor;“ stotterte er, „es hat mich natürlich gefreut, dass ich jetzt gefragt wurde, ob ich einspringen kann, und ich hätte mich auch gefreut, wenn, ich schon vorher statt Christoph gefragt worden wäre, aber...“

Er machte eine kurze Pause und schaute den Inspektor direkt in die Augen. „Aber dafür jemanden umzubringen? Wirklich nicht!" „Es sind schon Leute wegen weniger umgebracht worden als wegen gekränktem Stolz," bemerkte der Inspektor knapp und nahm nun aber statt eines Ingwerzuckers, sein kleines Notizbuch aus seiner Tasche heraus, „aber sie würden mir sehr helfen, wenn sie mir sagen würden, wo sie in der Mordnacht waren, Herr Rauchnig."

Trotz der direkten Frage kam langsam wieder Farbe in Rauchnigs Gesicht zurück und er lächelte zuversichtlich, um nicht zu sagen siegessicher. „Zuerst wollte ich mich mit Anna-Maria treffen," sagte er und wurde nun doch etwas rot im Gesicht, „Anna-Maria Larisch, sie spielt die Maria Magdalena. Wir wollten unsere Textpassagen durchgehen. Dann habe ich aber erfahren, dass ich Nachtschicht im Technologiecenter habe. Das wird bei uns sogar elektronisch aufgezeichnet," antwortete der Befragte. Dabei zeigte er eine Schlüsselkarte und hielt sie dem Inspektor hin. Dieser machte sich einige Notizen in sein Büchlein. „Danke," murmelte er, „das werde ich natürlich

überprüfen lassen." „Gerne, bei uns wird nicht nur alles auf der Schlüsselkarte gespeichert, sondern auch videoaufgezeichnet," erklärte Rauchnig. Der Inspektor kniff die Lippen zusammen und atmete tief durch.
Die anderen Passionsspieler hatten das Gespräch natürlich bemerkt. Einige standen schließlich um den Inspektor und Rauchnig, der nun wieder seine Thermoskanne zuschraubte, in einem offenen Halbkreis herum.

„Vielleicht wollen sie als nächsten mich verdächtigen?" Der Inspektor drehte seinen Kopf. Seitlich hinter ihm stand Timo Schuster, der bei der Szene zuvor für die Rolle des Judas geprobt hatte. Hatte Fröhlich nicht gesagt, dass er sich selbst als Jesus-Darsteller ins Rennen gebracht hatte und dann nur den Judas spielen durfte?
Bei der Szene war er wirklich mehr als überzeugend und schien sich bei der Darstellung mit der Rolle des Judas zu identifizieren. „Sollte sie mich verdächtigen, muss ich sie enttäuschen, Herr Kollege," unterbrach Schuster die Gedanken des Inspektors, „ich habe in der Mordnacht

Nachtdienst gehabt.“ Dabei hielt er dem Inspektor fast triumphieren seinen Dienstausweis hin, der ihn als Polizeischüler auswies.

„Das sagt noch lange nichts,“ sagte der Inspektor, nahm Schuster den Ausweis aus der Hand und warf einen Blick darauf. Er wendete das Dokument und gab es ihm wieder zurück. „Herr Kollege,“ sagte nun Schuster mit dem Ton von Selbstsicherheit, während er den Ausweis wieder in seine abgeriebene Geldtasche steckte, „glauben sie mir, hier werden sie keinen Mörder finden. Oder glauben sie, dass so Mörder aussehen? Urteilen sie nicht nach dem Augenschein, urteilen sie gerecht!“ Dabei verwies er nicht nur auf eine Passage im Textbuch, sondern auch auf die immer größer werdende Gruppe die sich um den Inspektor, Rauchnig und ihn gebildet hatte. Der Inspektor schaute in die Runde.
Er blickte den Passionspielerinnen und Passionsspielern genau so fest in die Augen, wie sie ihm.

Eigentlich war es von Schuster eine

Dreistigkeit ihn vor allen Anwesenden als Kollegen anzusprechen, aber er wollte sich nicht zusätzlich aufregen. „Wissen sie, Herr Kollege," sagte er in bewusst belehrendem Ton zu Schuster und klopfte ihm dabei auf die Schulter, „Mörder sehen selten wie Mörder aus, aber da werden sie auch noch draufkommen, wenn sie einmal ausgemustert und ein richtig fertig ausgebildeter Polizist sind." Beide blickten einander in die Augen. Der Inspektor grinste etwas, während Schuster keine Mine verzog. Nur das leichte Zucken seiner Schläfen war zu bemerken.

„So, können wir dann mit der Probe weitermachen, oder soll hier gleich die Gerichtsverhandlung stattfinden?", rief Fröhlich ungeduldig und extrem laut aus dem Saal ins Foyer, wo sich die Gruppe rund um Rauchnig, Schuster und den Inspektor nur langsam auflöste.
Alle gingen in den Probensaal zurück und nahmen wieder Platz, nur der Pfarrer war schon nach Hause gegangen.

Der zweite Teil der Probe verlief relativ unspektakulär, wenngleich eine unangenehme Anspannung bei allen Beteiligten zu spüren war. Der Inspektor hatte wieder auf der einen Seite des Raumes Platz genommen, sodass er alle Mitwirkenden genau beobachten konnte, wobei er eigentlich nicht so recht wusste, wonach er suchen sollte. Er hatte nur das unbestimmte Gefühl, dass die Lösung des Falls, zumindest aber ein Hinweis hierfür hier zu finden sein könnte. Hatte er zuvor noch Rauchnig im Verdacht, so hatte dieser ihn ein plausibles Alibi für die Mordnacht geliefert. Dieses musste der Inspektor zwar noch überprüfen, aber Rauchnig war so überzeugend, dass der Inspektor keine Zweifel daran hatte, dass das Alibi allen Überprüfungen standhalten würde.

Und dann war da noch Timo Schuster, der Schönling der Produktion, einer der beiden Besetzungen der Rolle des Judas, der ihn, vor allen Anwesenden, einfach als „Herr Kollege" angesprochen hatte, ihn, der unzählige Fälle gelöst hatte. Was für eine Ungeheuerlichkeit. Was für eine Dreistigkeit. Auf der anderen Seite waren sie ja tatsächlich Kollegen, wenngleich der eine am Höhepunkt, der andere aber erst am Anfang seiner

Karriere stand.

Aber konnte ihn deshalb der Inspektor schon als Verdächtigen im Fall streichen? Und verdächtig war Timo Schuster allemal, darin bestand kein Zweifel, schließlich bekam Christoph Dreher die Rolle, die Schuster unbedingt haben wollte und wie viele Polizeibeamte waren schon zu Mördern geworden, dachte sich der Inspektor. Er richtete seine Oberkörper etwas auf und kramte in seiner Hosentasche erneut nach einem Ingwerzuckerl. Dabei schaute er permanent zu Schuster, der leicht nach vorne gebeugt vis-a-vis im Raum saß. Mit der einen Hand stützte er lässig seinen Kopf auf, in der anderen Hand, hielt er sein Smartphone. Die Ärmel seines T-Shirts hatte er weit nach oben gestreckt, so dass man die Muskeln seiner Oberarme sehen konnte. Ab und zu richtete er sich auf, um seinen Oberkörper durchzustrecken. Dabei fuhr er sich gleichzeitig mit der Hand, mit der er sich aufgestützt hatte, durch seine etwas längeren schwarzen Haare, die lässig auf eine Seite gekämmt waren. Währenddessen blickte er zunächst stets an die Decke des Raumes und dann immer wieder in die Runde der ebenso

auf ihren Einsatz wartenden Passionsspieler. „Selbstsicher ist er," flüsterte sich der Inspektor selbst zu und es überkam ihn abermals, dass Schuster etwas mit dem Fall zu tun haben könnte. Aber was?
Er beobachtet weiter die Mitwirkenden, ließ aber seine Blicke immer wieder zu Schuster zurückwandern.

Die Szene, die gerade geprobt wurde, interessierte den Inspektor nicht wirklich. Er merkte nur, dass Fröhlich, der immer am Fingernagel des kleinen Fingers seiner rechten Hand kaute, durchaus recht gereizt war, weil irgendwelche Bewegungen nicht stimmten oder Textstellen durch die probenden Passionspieler nur bruchstückhaft oder gar nicht wiedergegeben wurden. Frieda und Beate waren damit beschäftigt Fröhlich mit Rotwein bei Laune zu halten und Notizen zu machen. „Die Welt des Theaters ist doch eine eigene," sagte der Inspektor, der endlich ein Ingwerzuckerl in seiner Hosentasche erwischen konnte, erneut mehr zu sich selbst. Er nahm das Zuckerl heraus und öffnete das Papier, dass sich aber nur schwer ablösen ließ, sodass der Inspektor es mit einer ruckartigen Bewegung aufriss. Das gelblich-weiß schillernde Zuckerl sprang quer über den fischgrätenartig verlegten Holzboden in die Mitte des Raumes. Einige der Spieler hatten das Missgeschick des Inspektors durchaus gemerkt, doch keiner getraute sich zu lachen. Nur Fröhlich warf dem Inspektor einen kurzen und bösen Blick zu. Die Szene wurde auch nicht unterbrochen, es wurde weiter geprobt, als ob nichts geschehen wäre und eigentlich war auch nichts geschehen.

Schließlich geschah es aber, dass ein Darsteller der Pharisäer mehr aus Zufall als aus Absicht mit dem Fuß im Vorbeigehen, das auf dem Boden gefallen Zuckerl in die Richtung des Inspektors schoss. Dieser sah nun seine große Chance gekommen das Zuckerl zu retten. Mit einem Ruck stand er plötzlich auf und ging zwei Schritte auf das zum Greifen nahe Zuckerl zu.

„Das darf doch nicht wahr sein!“ Fröhlich war von seinem Drehsessel aufgesprungen, der nur nach hinten mit einem lauten Krach umkippte, da die ohnehin schon locker geworden Rolle hörbar abbrach und unter dem Drehsessel liegen blieb. „Darf ich sie fragen, was das soll, Herr Inspektor?!“, schrie Fröhlich und seine Stimme zitterte vor Ärger, „ich hatsche ja auch nicht quer durch ihre Tatorte!“ Das Zuckerl aufzuhebend, richtete sich der Inspektor auf und blickte Fröhlich entschuldigend an. „Ich wollte nur... Ich wollte...,“ stammelte er. „Nichts haben sie zu wollen! Haben sie verstanden?! Nichts! Wir proben hier!“, brüllte Fröhlich nun fast cholerisch. Dabei betonte er jede Silbe, wie wenn er einem kleinen Kind etwas erklären wollte. „Verstehen sie, Herr Inspektor?! Proben!“ Der Inspektor merkte, wie er rot wurde und sich, wie so oft, wenn er nervös war, Schweißperlen auf seiner Stirn bildeten. „Aber, aber,“ stammelte er verlegen. „Nichts aber, Herr Inspektor!“, knurrte Fröhlich und seine Stimme klang rauer als sonst, „wenn sie es noch einmal wagen meine Proben zu stören, dann fliegen sie hinaus! Ermittlungen hin oder her. Haben Sie mich verstanden?“

Der Inspektor schaute Fröhlich, der wieder anfing an dem Fingernagel seines kleinen Fingers, diesmal aber auf der linken Hand, zu knabbern, fassungslos an. Noch nie hatte jemand mit ihm so gesprochen, noch dazu bei Ermittlungen. Er merkte, wie seine anfängliche Sympathie Fröhlich gegenüber mit einem Schlag verflogen war.

Allerdings war er nicht der einzige im Raum, dem es so ging.
Er ertappt sich dabei, dass er wieder in der Nase gebohrte und korrigierte sein Verhalten sofort. Ohne ein Wort zu sagen, drehte er sich um und ging zum Ausgang. Dabei richtet er fast automatisch sein Sakko, in dem er daran herum zupfte.

Niemand im Saal folgte dem Inspektor mit den Blicken, diese waren alle auf Fröhlich gerichtet, der sich nun, da der Drehsessel noch immer umgekippt und mit abgebrochener Rolle am Boden lag, auf die vordere Tischkante des Regietisches setzte, mit der rechten Hand hinter sich nach dem Textbuch griff, um mit der anderen Hand das Rotweinglas zu nehmen, welches ihm Frieda in der Hoffnung er würde sich beruhigen, bis obenhin nachgeschenkt hatte.
„Also, noch mal von vorne," hörte der Inspektor Fröhlich noch sagen, als er den

Saal verließ, „wir haben keine Zeit mehr zu verlieren, wir spielen in vier Wochen."

Der Inspektor trat in die Nacht hinaus und ging zu seinem Auto, welches er vor der Probe in der Nähe des Pfarrhofes geparkt hatte. Im Wintergarten des Pfarrhofes war noch Licht. Die Turmuhr schlug zur vollen Stunde. Es war zweiundzwanzig Uhr. Für heute war es genug, dachte sich der Inspektor. Außer einigen Verdachtsmomenten war er abermals nicht weitergekommen.
Müde drehte er den Schlüssel im Zündschloss und mit einem lauten Geräusch setzte sich der Wagen in Bewegung.

XIV

Am nächsten Tag beschloss der Inspektor Herrn und Frau Dreher die Ergebnisse der Obduktion ihres Sohnes mitzuteilen. Auch diese Aufgabe zählte nicht zu den Lieblingsmomenten seines Berufes. Er hat hier immer ein flaues Gefühl im Magen und konnte mit dem Leid der Hinterbliebenen nur schwer umgehen. Mit einem Ingwerzuckerl, dass er noch in der Mittelkonsole seines Autos gefunden hatte, gestärkt stand er nach etwa fünfunddreißig Minuten Fahrzeit vor dem schmucken Häuschen in der kleinen Reihenhaussiedlung am Rande von Sankt Magdalena. Seine Finger klebte noch vom Auswickeln des Zuckerls, welches aus unerfindlichen Gründen im Auto nass geworden war. Diese Tatsache erschwerte das Auswickeln massiv. Dennoch schien ihm das Zuckerl, welches er im Mund hin- und her schob, zu beruhigen.

Der Inspektor zupfte an seinem Sakko herum und öffnete das niedrige, unversperrte Gartentor des kleinen Vorgartens. Ein hüfthoher Stock von zartrosa Heckenrosen stand in voller Blüte und die Gartenzwerge lächelten vor sich hin. Sie vermittelten munter vor sich hin angelnd, den Hammer schwingend oder eine Scheibtruhe schiebend eine friedliche Idylle, die in keiner Weise mit dem zusammenpasste, was Herr und Frau Dreher nun zu verarbeiten hatten. Es war dem Inspektor schon öfter aufgefallen, dass nach dem ersten Schock bei der Überbringung einer Todesnachricht das

Wissen um die genaue Todesursache eine noch größere Belastung für die Angehörigen darstellte.

Zaghaft klopfte der Inspektor an die Tür des Hauses, an welcher ein Weidenkranz hing, in dem zwei kleine gebastelte Vögel aus Birkenrinde saßen. Er klopfte so leise, dass es kaum vernehmbar war. Vielleicht hatte er die stille Hoffnung, dass das Klopfen gar nicht gehört werden würde und er wieder unverrichteter Dinge wegfahren könne.

Er stand einen Moment fast bewegungslos da, als sofort die Haustüre aufging und Frau Dreher direkt hinter der Türe stand, einen Wischmopp in den Händen haltend. Auf den leicht gesprenkelten Fliesen stand ein Kübel mit Wasser, welches mit Reinigungsmittel vermengt war und welches auch schon auf dem Boden verteilt war. „Grüß Gott, Frau Dreher," sagte der Inspektor mit verhaltener Stimme und nickte leicht mit dem Kopf „Grüß Gott, Herr Inspektor," antworte sie, „bitte kommen sie herein. Mein Mann ist gerade mit dem Hund spazieren. Er braucht das jetzt, um sich abzulenken. Und ich...," sie kämpfte wieder mit den Tränen, stellte den

Wischmopp in die Ecke und zog die gelben Plastikhandschuhe aus, die bis zum Ellbogengelenk gingen, „und ich...," wiederholte sie, „ich versuche mich halt durch die Hausarbeit abzulenken. Verstehen sie?" Der Inspektor nickte verständnisvoll. „Ich verstehe," murmelte er. „Ich bin gekommen, um ihnen die Mappe mit den Ausschnitten und Ausdrucken über die Geschichte der Passionsspiele zurückzubringen, Frau Drehen und wenn sie noch einen kurzen Moment Zeit hätten, dann..." Er machte eine kurze Pause und schluckte. Dann schaute er der Mutter des Ermordeten direkt in die verweinten Augen. „Das Obduktionsergebnis liegt vor."

Frau Dreher wandte sich auf die Seite und verbarg ihr Gesicht in ihren Händen. Dann schluchzte sie erneut laut auf. „Können wir uns kurz setzen?", fragte der Inspektor. Sie ging ins Wohnzimmer vor, wo sie auch das letzte Mal gesessen waren. Ein Bild von Christoph stand am Tisch. Davor brannte eine elektrische Kerze, daneben befand sich in einer kleinen Pressglasvase ein kleiner Zweig, welcher von dem Heckenrosenstock im Vorgarten abgeschnitten worden war. Einige Blütenblätter waren schon abgefallen und lagen am Tischtuch, von welchem sie sich farblich abhoben.

Frau Dreher wischte sich mit beiden Händen die Tränen aus den Augenwinkeln und der Inspektor schaute in ein fahles Gesicht, in welches lediglich die geröteten, verweinten Augen etwas Farbe brachten.

„Der Christoph ist erschlagen worden. Es war nur ein einziger Schlag," sagte der Inspektor kurz und musste schlucken, „er war schon Tod als man ihn aufs Kreuz hing."
Dann war es still im Raum. Nur von ferne hörte man das Geräusch des Rasenmähers aus dem Nachbargarten. Frau Dreher schaute mit leerem Blick den Inspektor an. „Bitte lassen sie mich jetzt allein," sagte sie kaum vernehmbar.
„Selbstverständlich," sagte der Inspektor und wollt ihr die Hand reichen, doch sie hatte sich schon weggedreht. „Selbstverständlich," wiederholte der Inspektor nochmals leise, „ich melde mich dann in den nächsten Tagen einmal und wenn sie davor etwas von mir

brauchen, rufen sie mich bitte an."

Er ging einige Schritte zur Türe, welche aus dem Wohnzimmer hinaus in den Vorraum ging. Sein Blick fiel auf ein gerahmtes Foto an der Wand. Alle drei Drehers waren darauf abgebildet, in der Mitte der Vater und rechts und links von ihm Frau Dreher und Christoph in den Kostümen der Passionsspiele. Sie umarmten sich und lächelten glücklich auf dem Bild. Der Inspektor blieb stehen, drehte sich abermals um und nickte noch einmal, dann ging er zur Haustüre.
Die Mappe mit den Zeitungsausschnitten und Artikel über die Passionsspiele von Sankt Magdalena, welche Christoph gesammelt hatte, legte er beim Hinausgehen noch auf eine kleine Ablage, die neben der Haustüre stand. Er war sich sicher, dass Frau Dreher die Mappe hier finden würde. Er wollte jetzt nur noch eines, nämlich ihren Wunsch nach Ruhe respektieren.

Kaum hatte der Inspektor die Türe hinter sich zugezogen, blickte er wieder auf die Gartenzwergidylle im Vorgarten des Reihenhauses. Die Kunststoffgartenzwerge schauten noch immer mit demselben fröhlichen Gesichtsausdruck drein. „Die haben von alledem nichts mitbekommen. Nichts von dem Schmerz einer Mutter," sagte er halblaut zu sich selbst, „wie glücklich sie sich schätzen können." Als er zum Wagen ging, konnte er seine Tränen nicht mehr zurückhalten. Dieser Fall nahm ihn mehr mit, als er sich selbst eingestehen wollte. Er konnte aber nicht erklären wieso.

XV

Die folgenden Tage verliefen unspektakulär und der Inspektor ging noch einmal alle Protokolle, die Zeugenaussagen und den Obduktionsbericht durch.

Es ergab alles wenig Sinn. Wer erschlägt jemanden, um ihn dann auf ein Kreuz zu hängen? Wollte der oder wollten die Täter eine Botschaft hinterlassen? Wollte der oder die Täter jemanden anderen die Tat in die Schuhe schieben und somit die Polizei auf eine falsche Fährte locken oder hatte der Mord tatsächlich mit den Passionsspielen zu

tun?
Rächte man sich gar brutal an Christoph, weil man mit der Besetzungspolitik des Regisseurs nicht zufrieden war, weil man Christoph als „Zugrasten“ die Rolle nicht vergönnte, oder steckte etwas ganz anderes dahinter?

Der Inspektor wusste, dass Sascha Fröhlich in diesen Tagen im Steinbruch war, um mit Simon Rauchnig zu proben, denn dieser musste schließlich innerhalb kürzester Zeit eine riesige Rolle übernehmen. Zwar sprach der Pfarrer hierbei von einer Zweitbesetzung, aber das stimmte nicht, versicherte Fröhlich bei einem ihrer Gespräche dem Inspektor. Diesem kam es das letzte Mal komisch vor, dass Rauchnig große Teile des Textes beherrschte, angeblich weil er Texte generell leicht lernte und viele der Textpassagen vom Zuhören bei den Proben einfach abgespeichert hatte.
Der Inspektor war am Anfang misstrauisch, allerdings war Rauchnig so ein ehrlicher Typ, dass ihm sein Bauchgefühl schließlich doch sagte, dass er es nicht gewesen sein konnte und auch sein Alibi hielt der

kriminalpolizeilichen Überprüfung stand und war hieb und stichfest. Dasselbe Bauchgefühl sagte ihm aber auch, dass Timo Schuster etwas mit der Sache zu tun hatte. Aber was?

Von Frieda hatte der Inspektor schließlich den Probenplan für die nächsten Wochen im Steinbruch erhalten. „Es kann sich aber noch immer alles ändern," hatte sie ihm damals gesagt, „je nachdem wie wir weiterkommen, verstehen sie?" Der Inspektor verstand. Er hatte sich nicht vorgestellt, dass die Welt des Theaters so eine anstrengende, ja mitunter mühsame Welt sein würde, sogar bei Laienschauspielern. Allerdings musste er feststellen, dass für eine Laienbühne ein ungeheurer Aufwand bei der Produktion betrieben wurde.
Die Bühne war von einer renommierten Firma entworfen worden und perfekt in den Steinbruch eingepasst, einige Kostüme von Designern erdacht, andere wiederum in Mailand ausgeborgt und nicht zuletzt wurde Sascha Fröhlich engagiert, der unentwegt versuchen musste den Überblick zu behalten und zu hoffen, dass ihm nicht zu viel drein gesprochen wurde.

„Wissen sie," hatte er einmal lachend und mit einem Augenzwinkern zum Inspektor gesagt, „so wie es in Österreich acht Millionen Fußballtrainer des Nationalteams gibt, so gibt es hier Hundertschaften an Regisseuren."

Auch die omnipräsenten Werbefolder verhießen eine großartige Produktion mit über vierhundert Laiendarstellern. Etwas makaber schien dem Inspektor, dass auch noch der Ermordete auf jedem zweiten Foto im Folder abgebildet war. Aber was hätte man tun sollen? Tausende Folder, die man gedruckt hatte, einfach vernichten?

Am folgenden Samstag war für den Nachmittag um fünfzehn Uhr eine Gesamtprobe im Steinbruch angesetzt. Fröhlich hatte noch eine E-Mail ausschicken lassen, dass alle „studiert" zu erscheinen hätten, womit er meinte, dass alle Darsteller, welche eine Sprechrolle hatte, den Text auch tatsächlich beherrschen sollten. „Das ist das Um und Auf bei den Proben," hatte er stets wiederholt. Schon vor fünfzehn Uhr sollte es noch eine technische Probe geben, bei welcher Fröhlich den Kreuzweg und vor allem

die Kreuzigung durchstellen wollte.
Der Inspektor hatte schon im Vorfeld gehört, dass gerade dieser Termin bei allen Mitwirkenden Unbehagen hervorrief, was er verstehen konnte, wurde man doch gerade bei diesen Szenen unweigerlich an Christoph Dreher und sein Ende am Kreuz erinnert. Dennoch erhofft sich der Inspektor gerade bei dieser Probe zumindest einen kleinen Hinweis auf den Täter oder den Tathergang zu bekommen und so beschloss er auch schon früher im Steinbruch zu sein.

Am Weg dorthin hielt er wieder bei dem kleinen asiatischen Restaurant, um eine Kleinigkeit zu essen, denn er hatte die Plastiktasche mit dem Mittagessen im Vorzimmer seine Wohnung stehen gelassen, da er noch einen Anruf von Drehers Mutter entgegengenommen hatte, die sich für alles bedanken wollte, was der Inspektor bis jetzt zur Klärung des Falles unternommen hatte.
Dieses Telefonat ging dem Inspektor genauso wenig aus dem Kopf, wie die Tatsache, dass auf den Plakaten vom Letzten Abendmahl, welche bei den Ortseinfahrten von Sankt Magdalena aufgestellt worden waren,

lediglich elf Aposteln zu sehen waren, wobei auch Judas am Bild dabei war. Wenn dieser nicht mehr darauf gewesen wäre, hätte es eine gewisse Logik gehabt. Immer wieder hatte er nachgezählt und er wusste nicht, welche Botschaft man damit vermitteln wollte. Die Botschaft seines Magens hingegen war eindeutig, er verlangte etwas zum Verdauen und knurrte unüberhörbar.

XVI

Der Inspektor betrat das Lokal, wobei er beim Durchqueren des Gartens die ungeheuren Lavendelstöcke bewunderte, welche dort üppig wucherten. Obwohl er erst das zweite Mal hier einkehrte, wurde der Inspektor schon wie ein Stammgast begrüßt. „Es ist schön, dass sie wieder hier sind! Wollen sie im Resteraunt essen, oder das Essen mitnehmen?“, wurde er schon beim Eintreten gefragt. „Ich esse bitte hier, aber diesmal wirklich nur eine Kleinigkeit,“ antwortete der Inspektor, „das letzte Mal habe ich dann drei Tage die Reste der ausgelösten Hühnerkeule gegessen. Es war zwar wirklich sehr köstlich,

aber einfach zu viel.“ Dabei deutete er auf seinen Bauch. „Ich nehme diesmal bitte nur eine pikante Suppe und die Teigtaschen.“
„Zum Trinken wieder einen Litschisaft?“, wurde er gefragt. „Donnerwetter, dass nenne ich ein Gedächtnis,“ lachte er, „ja bitte, so wie das letzte Mal einen halben Liter.“

Während er auf das Essen wartete, nahm er sich eine jener kleinformatigen Gratistageszeitungen, welche zuhauf im Lokal auflagen, allerdings kam er beim Lesen nicht weit, da schon kurz danach das Essen serviert wurde. „Bitte sehr, Herr Inspektor,“ sagte die junge Frau, als sie die Suppe brachte, „die Teigtaschen dauern noch etwas.“
„Woher wissen sie, dass ich ein Inspektor bin?“, fragte er und lächelte, während er den Porzellanlöffel nahm, der auf der Untertasse der Suppenschale lag. „Aber bitte, Herrn Inspektor, der ganze Ort redet doch seit Tagen nur mehr von dem Mord im Steinbruch und auch von ihnen.“ „Aha, auch von mir?“, sagte der Inspektor fragend und legte den Löffel auf die Unterasse zurück, auch nur ohne einen Löffel Suppe zu sich genommen

zu haben. „Ja, weil sie doch nicht der Einzige sind, der zurzeit hier in Sankt Magdalena ermittelt,“ bekam er zur Antwort.
Er kratzte sich am Hinterkopf und dachte nach. „Stimmt,“ sagte er nach einigen Augenblicken, in welchen er konzentriert zur Decke blickte, „die Kollegen vom Bundeskriminalamt sind ja auch ab und zu hier, aber die tappen schon seit fast dreißig Jahren im Dunkeln.“ Er kniff seine Augen zusammen und biss sich auf die Lippen. Er hatte ganz vergessen, dass die Cold-Case-Gruppe des Bundeskriminalamtes auch erneut Ermittlungen zu jenem alten Fall von Sankt Magdalena aufgenommen hatte, da er selbst so in seine Arbeit vertieft war.

Damals war die schon halb verweste Leiche einer Frau gefunden worden, der Täter konnte aber nie ausgeforscht werden. Er hatte nicht daran gedacht, dass einige Kollegen aus Wien jetzt auch zumindest ab und zu in Sankt Magdalena sein mussten. Getroffen hatte er sie auch noch nicht.

„Herr Inspektor,“ wurde er in seinen Gedanken unterbrochen, „ich habe da auch eine Frage, weil sie doch von der Kriminalpolizei sind." Die Kellnerin wischte sich ihre Hände in ihrer weinroten Schürze ab, zog einen Sessel vis-a-vis dem Inspektor ein Stück vom Tisch weg, setzte sich und beugte sich geheimnisvoll etwas nach vorne.

„Wir haben für unsere Sushi und Maki Holzboote aus Bambus machen lassen. Das sieht nicht nur wunderschön aus, man bringt auch eine Menge der Speisen darauf unter," begann sie ihre Ausführungen. „Ja, ich habe das Bild in der Speisekarte gesehen," nickte der Inspektor und nahm sein noch halb volles Glas mit Litschisaft. „Nun ist es so," sprach die junge Frau weiter, „wir haben das letzte Mal eine Bestellung für so ein Schiff gehabt, es ist abgeholt worden, aber leider nie wieder zurückgebracht worden. Es ist seitdem verschwunden. Gestohlen!" Sie seufzte tief auf. „Können sie da vielleicht etwas machen? Bitte?" Der Inspektor wollte die Fragende nicht vor den Kopf stoßen, er nahm wieder den Porzellanlöffel in die Hand. „Ja, sobald mein Fall vom Steinbruch abgeschlossen ist, kümmere ich mich um das verschwundene Sushischiff," sagt er und tauchte den Löffel nun endlich in die, in der Zwischenzeit schon

kalt gewordenen Suppe.
„Ich danke ihnen vielmals, ich bringe ihnen gleich ihre Teigtaschen,“ bekam er als Antwort.

Als der Inspektor etwas später das Lokal verließ, nahm er sein Handy aus der Hosentasche und rief auf der örtlichen Polizeistation an, dass man einen Kollegen wegen des verschwundenen Sushischiffchens im Lokal vorbeischicken solle, er selbst hatte den Fall aus dem Steinbruch zu lösen und wollte nicht genauso so lange brauchen wie die Kollegen des Bundeskriminalamtes, die nun zeitgleich in Sankt Magdalena in ihrem alten Fall ermittelten.

XVII

Nach nur wenigen Minuten war der Inspektor im Steinbruch angekommen. Dabei beschloss er nicht auf dem oberen Parkplatz wie bisher zu parken, sondern auf der Rückseite des Geländes mit dem Auto hineinzufahren, wobei er eine riesige Staubwolke aufwirbelte.

„Das nächste Mal parke ich wieder am Parkplatz,“ sagte er zu sich, nachdem er von einigen Mitwirkenden der Passionsspiele, welche sich die Hand vor den Mund hielten, um den Staub nicht einzuatmen, mit nicht gerade freundlichen Blicken bedacht wurde.

Hinter den Kulissen sah die Bühne rustikal aus. Ein massives Gerüst, an welchem sich der Inspektor gleich einmal den Kopf anstieß, diente dazu die Dekoration zu halten. Unzählige Treppen führten quer über und auf die Bühne, hinter welcher etliche Container standen. In diesen wurden die Kostüme der Produktion aufbewahrt. Der enorme Aufwand, welcher hier betrieben wurde, war dem Inspektor die letzten Male als er hier gewesen war gar nicht so aufgefallen, konzentrierte er sich doch vor allem auf die Bühne und den Platz der Kreuzigung über dieser.

Durch ein Tor, welches auf die Bühne führte, betraten die Mitwirkenden dieselbe. Vor der Bühne war ein Tisch aufgestellt, an welchem schon Beate Platz genommen hatte. Sie blätterte in ihren Aufzeichnungen und goss sich aus einer kleinen Aluminium-

thermoskanne Kaffee in eine winzige Mokkatasse, welche mit Herzchen verziert war. Der Kaffee roch so stark, dass ihn der Inspektor bis zu sich riechen konnte. Sie merkte, dass er auf die Tasse mit den Herzchen blickte.
„Ja, das Leben ist zu kurz, um Kaffee aus einem Becher zu trinken. Wollen sie auch einen Kaffee?“, sagte sie lachend. Der Inspektor nahm dankend das Angebot an und Beate kramte in ihrer Tasche eine zweite Mokkatasse mit Herzen heraus, welche sie aber diesmal sogar auf eine Untertasse stellte, welche ebenso mit Herzen verziert war.

Kaum hatte der Inspektor den ersten Schluck genommen, sah er im Zuschauerraum Sascha Fröhlich herum gehen. Er ging von rechts nach links und links nach rechts, und schaute dabei die ganze Zeit konzentriert auf die Bühne, als ob wieder vor seinem geistigen Auge alle Szenen lebendig werden würden. Nur ab und zu blieb er stehen und knabberte am Fingernagel des kleinen Fingers seiner rechten Hand, jedoch ohne den Blick von der Bühne zu nehmen.

Fröhlich hatte ein schwarzes Kurzarmhemd an und eine schwarze Hose, diesmal trug er aber keinen Kapuzenpullover, dafür jenen Strohhut, der ihn vor der starken Sonne schützen sollte und den der Inspektor schon im Haus Nazareth gesehen hatte. „Ich glaube, dass Frieda ihnen den Probenplan zugeschickt hat, oder?“, fragte Beate und unterbrach so die Beobachtungen des Inspektors, „wir proben jetzt die Kreuzigung, aber nur rein technisch.“ „Ja,“ bedankte sich dieser, „ich habe alles bekommen. Ich habe nur eine Frage: Wie lange wird eigentlich schon im Steinbruch geprobt?“ „Naja,“ antwortete Beate, „auch schon wieder seit zwei Monaten, eigentlich seit dem der Schnee weg ist, um genau zu sein.“

„Ich verstehe,“ sagte der Inspektor, „vorher hätte es wohl nicht viel Sinn ergeben, sich durch die Schneemassen über die vielen Treppen und Steigungen zu bewegen.“ Beate nickte. „Und waren dann ab Probenbeginn immer alle vierhundert Mitwirkenden im Steinbruch?“, fragte der Inspektor nach. „Welche vierhundert Mitwirkenden?“, fragte Beate. „Naja, jene, welche auf den Werbefoldern und in den Interviews immer genannt werden," zeigte sich der Inspektor über ihre Reaktion erstaunt. „Nein nein," lachte Beate, „die Zahl ist eher symbolisch zu verstehen. Das leitet sich noch aus der langen Geschichte der Passionsspiele ab und wird immer anders gedeutet." Sie machte eine Handbewegung, die den Inspektor an jene erinnerte, die ein Magier macht, der ein Kaninchen aus dem Hut zaubert. „Früher waren sicher vierhundert Personen auf der Bühne, aber heute ist das alles anders." Sie machte erneut eine kurze Pause, bevor sie weitersprach und dabei fast entschuldigend ihre Schultern hochzog. „Aber es werden sicherlich vierhundert Leute insgesamt bei den Passionsspielen mitwirken, auf der Bühne, in der Musik, in der Technik und auch jene, die dann bei den Vorstellungen die Programmhefte und die Getränke verkaufen, ja auch letztlich den Zutritt kontrollieren." „Den Zutritt kontrollieren?", horchte der Inspektor auf und schaute Beate mit großen Augen an. „Ja," sagte diese, „sogar schon bei den Proben. Sie können sich ja gar nicht vorstellen, wie neugierig die Leute von Sankt Magdalena und der Umgebung sind, wenn es um die Passionsspiele geht." „Also waren nur

Mitwirkende der Passionsspiele zu den Probenzeiten hier?", fragte der Inspektor nun mit großem Interesse. „Naja, nicht nur. Es wurde ja nur mehr oder weniger kontrolliert und es ist uns schon aufgefallen, dass immer wieder Fremde plötzlich im Publikumsbereich saßen. Vor allem dem Sascha ist das immer aufgefallen. Da ist er immer ganz unrund geworden, aber man kann ja nicht alle überprüfen, oder?" Der Inspektor nickte. „Ist verständlich bei so einem großen Gelände."

Kaum hatte Beate Fröhlichs Namen in den Mund genommen, kam dieser wie aufs Stichwort im Theater und ging geradewegs auf den Inspektor zu. „Grüß Gott, Herr Inspektor," sagte dieser knapp und hob nur mit einem Finger die Krempe seines Hutes kurz hoch, anstatt diesen zum Gruß ganz vom Kopf zu nehmen. Er blickte den Inspektor direkt in die Augen. „Was ich ihnen im Haus Nazareth gesagt habe, gilt auch hier. Sie werden meinen Proben nicht stören. Haben sie das verstanden?" Noch ehe der Inspektor etwas antworten konnte, wandte sich der Regisseur auch schon Simon Rauchnig zu, der mit Robert Kogler in der

Mitte des Zuschauerraumes saß.

Der Inspektor hatte die beiden zunächst gar nicht wahrgenommen. Kaum war Fröhlich bei ihnen angekommen, standen sie auf, redeten mit ihm und gingen schließlich mit ihm auf die Bühne. Fröhlich rief in ein Tor in der Kulisse hinein, woraufhin fünf Männer in Soldatenkostümen ein großes Holzkreuz aus der Toröffnung heraustrugen.
„Ich hoffe, dass es nicht zu lang ist und wir es um die Kurve bekommen. Da kommt es auf jeden Zentimeter an," hörte der Inspektor eine Stimme hinter sich. Als er sich umdrehte, sah er jenen Mann, dessen Brille er damals im Haus Nazareth zerstört hatte, was ihm noch immer mehr als unangenehm war. „Wir haben das Kreuz neu angefertigt, das wäre ja nicht gegangen, mit einem Kreuz zu spielen wo schon einer..." Er stoppte mitten im Satz, doch der Inspektor wusste, was er sagen wollte und nickte. „Es ist exakt so groß und schwer, wie das andere Kreuz war," sagte der Mann, „also ich hoffe, dass es exakt so groß ist, denn auf den Millimeter genau kann man das natürlich nicht machen und das könnte jetzt zum Problem werden." Fröhlich stand mit

Kogler und Rauchnig bei dem Kreuz, welches nun schräg am Boden abgestellt war und von den Männern, die es soeben noch herausgetragen hatten, gehalten wurde.

Nun kletterte Fröhlich so unter das Kreuz, dass er es mit seiner Schulter aufheben konnte, wobei es aber nach wie vor von den Männern gestützt wurde. Nach der Vorgabe des Regisseurs probierten nun Kogler und Rauchnig das Kreuz auf diese Art und Weise hochzuheben. Beate stand daneben und machte eifrig Notizen, während Frieda nun mit einem Becher Wein über die Bühne auf Fröhlich zuging. „So Sascha, ein Weinderl. Gläser haben wir leider noch nicht heraußen, aber es kommt eh auf den Inhalt an. Gell?“, lachte sie. Fröhlich nahm den Becher aus Friedas Hand und trank einen Schluck, dann ging er einige Meter zurück, wo der Tisch stand, an welchem nun wieder Beate und Frieda Platz nahmen. Frieda schlug nun ihr schon recht ramponiertes Textbuch auf und nahm einen Stift aus ihrer Tasche. Während sie sich Notizen machte, behielt sie permanent Fröhlich im Auge, ebenso Beate. „So, dann schauen wir uns das Ganze einmal an. Didi, können wir dazu die Musik einspielen?", rief Fröhlich in Richtung des Technikhauses. Der Inspektor blickte ebenso in diese Richtung und erkannte den Mann aus dem Haus Nazareth, der stets beim Elektroklavier saß, und der nun zustimmen nickte und den Daumen seiner rechten Hand in die Höhe gestreckte.

Nun setzte die Musik ein. Langsam und getragen. Mit dem Einsetzen der Musik, setzte sich auch der Kreuzweg in Bewegung. Das Kreuz, welches nun Rauchnig trug, war auf beiden Seiten von jenen Soldaten flankiert, welche es zuvor aus dem Tor getragen hatten. „Wir machen das jetzt ohne den Sturz unter dem Kreuz," hörte man Fröhlichs Stimme durch das Mikrofon, „wir machen es jetzt einmal nur so, dass wir einmal die Wege sehen bis hinauf zur..." Er macht eine kurze Pause und atmete tief durch. „Bis hinauf zur Kreuzigung." „Kreuzigung," wiederholte Frieda leise und fast ehrfürchtig. Es war fast gespenstisch. Einige Augenblicke war es totenstill im ganzen Steinbruch.
Jeder fühlte sich unwohl. Fröhlich fand als

erstes seine Fassung wieder. Er ging zum Inspektor, der sich dieses für ihn seltsam anmutende Spektakel ansah. „Jetzt müssen sie sich noch Pferde vorstellen, die beiden Schächer, die vor Jesus hinauf zur Kreuzigung getrieben werden, das Volk und so weiter," erklärte Fröhlich dem Inspektor plötzlich überaus zuvorkommend die Szene und malte dabei mit seiner Hand imaginär die Personen ins Gelände, ohne dabei seinen Blick von Rauchnig und dem Kreuz abzuwenden, welches dieser nun wieder weiter hinauftrug, wo vor wenigen Tagen noch tatsächlich ein Toter am Kreuz hing.
An der besagten Stelle angekommen, wurde das Kreuz abgelegt. „So... und jetzt dann aufstellen," wies Fröhliche durch das Mikrofon die Spieler an, „zuerst werden dann bei der Vorstellung die Schächer aufgestellt, dann der Heiland."

Gebannt blickte der Inspektor hinauf und sah, wie das große Kreuz aufgestellt wurde. Am Kreuz hing nun Simon Rauchnig, wie einige Tage zuvor Christoph Dreher.
Fünf Männer waren benötigt worden, um das Kreuz mitsamt einer Person darauf

aufzurichten. Nun stand es stabil und war so fixiert, dass es nicht umkippen konnte. Am Kreuz hing Rauchnig, mit seinem roten Kostüm.
Dem Inspektor schauderte bei dem Anblick und er war nicht der einzige dem es so ging.

Die Stimmung in der Pause zwischen der technischen Probe und der anschließenden Durchlaufprobe war nicht so ausgelassen, wie man dem Inspektor sonst von den Pausen der Passionsspielproben erzählt hatte. Alle waren ehrlich betroffen, hatte sie doch die Kreuzigung, die gerade geprobt worden war, wieder an Christoph erinnert. Auch den Inspektor hatte der Anblick nicht kalt gelassen. Immer wieder hatte er zum Kreuz hinaufschauen müssen, von welchem Rauchnig dann unter Zuhilfenahme eines langen weißen Tuches abgenommen wurde, wie vor wenigen Tagen noch der Leichnam der Ermordeten.

„Schaut aber schon gut aus die Szene, gell?“, hörte er eine Stimme des Mannes, dessen Brille er zerstört hatte. Neben ihm stand ein etwas festerer junger Mann, der einen langen

Bart trug. „So makaber es klingen mag, aber seit dem Mord steigen die Kartenreservierungen. Bad news are good news.“ Er zuckte mit den Schultern. „Vielleicht müssen wir sogar Vorstellungen einschieben, wenn das so weiter geht.“

Der Inspektor blickte noch immer hinauf zum Kreuz. „Fünf Männer,“ murmelte er, „fünf Männer haben es aufgerichtet. Es müssen also auch mehrere gewesen sein, die Christoph da aufgestellt haben.“ Er kramte fast schon aus Routine in seiner Hosentasche in der Hoffnung ein Ingwerzuckerl zu finden. Der Mann mit der vom Inspektor hingerichteten Brille, der den Satz gehört hatte, wandte sich an den Inspektor. „Ja, bei den Aufführungen machen sie das immer zu viert oder fünft, aber natürlich könnte man es auch allein aufstellen, ich zeige es ihnen.“ Er machte eine auffordernde Handbewegung und der Inspektor folgte ihm.

Sie gingen den langen seitlichen Weg hinauf, auf welchem zuvor der Kreuzweg geprobt wurde und gelangten so schließlich zum aufgerichteten Kreuz. „Warten sie hier, ich komme gleich wieder," sagte er und ging weg. Während er sich entfernte nahm er einen Zündschlüssel aus seiner Hosentasche mit dem er direkt auf einen kleinen Gabelstapler zuging, der neben einem kleinen Verkaufsstand, bei welchem während der Vorstellungspausen Getränke verkauft wurden, abgestellt war.

Mit einem lauten knatternden Geräusch und einer grauschwarzen Abgaswolke, die aus dem Auspuff des Gabelstaplers kam, setzte sich das Gefährt in Bewegung. „Schauen sie, Herr Inspektor! Ich zeige ihnen wie das geht!", rief der Mann und versuchte den Motorlärm zu übertönen. Dabei hob er mit der Gabel des Baufahrzeuges vorsichtig das Kreuz aus der Verankerung und legte es hin. „In die andere Richtung geht es natürlich auch," versuchte er erneut den Motorlärm zu übertönen, „dass heißt, man kann es auch natürlich auch allein mit dem Gabelstapler aufstellen." Wieder hantierte er am Steuerungsknüppel des Fahrzeugs und bewegte vorsichtig die Gabel, hob das Kreuz hoch und stellte es wieder auf. Nachdem er ausgestiegen war und das Kreuz fixiert hatte, bestieg er abermals den

Gabelstapler und brachte ihn auf seine ursprüngliche Parkposition neben der Getränkehütte. Schließlich kehrte er zum Inspektor zurück. „Haben sie gesehen, man braucht ein bisschen Übung, aber dann geht das schon," sagte er stolz und deutete auf das wuchtige Kreuz. Der Inspektor verzog keine Miene. „Ja, ich habe es gesehen, aber damit haben sie sich jetzt eigentlich verdächtig gemacht."

Er drehte sich um und ging den langen Weg, den sie hinaufgegangen waren, wieder zurück. Der Mann blieb mit offenem Mund stehen und schaute den Inspektor nach. „Das darf doch nicht wahr sein," stammelte er und steckte den Zündschlüssel des Gabelstaplers wieder in seine Hosentasche.

XVIII

Für die um fünfzehn Uhr angesetzte Probe trudelten immer mehr Mitwirkende der Passionsspiele ein. Am Eingang ins Gelände hatten Ordner in gelben Warnwesten ihre Position eingenommen, unterhielten sich aber bald wild gestikulierend miteinander und beachteten die Eintretenden kaum. Lediglich ab und zu blickte jemand vom Ordnerdienst auf um eintreffende Spieler zu grüßen und sich dann wieder ins Gespräch zu vertiefen.

Der Inspektor beschlossen eine Runde durchs Gelände zu drehen und nahm schließlich den Weg über die Bühne durch ein enges Tor, welches sich auf der linken Seite der Kulisse befand. Früher, als die Bühnenbilder der Passionsspiele von Sankt Magdalena alle tatsächlich noch aus Stein errichtet waren, gab es ein ähnliches Tor. Fröhlich lies dieses Tor gleichsam als Reverenz an die lange Geschichte der Passionsspiele vom Bühnenbildner aus Holz und Kunststoff wieder auferstehen. Nun trat der Inspektor durch eben dieses Tor in eine nahezu andere Welt.

Es war unglaublich, wie eng hier alles war, dachte sich der Inspektor, der eigentlich dachte, dass sich die Weitläufigkeit der Bühne hinter den Kulissen fortsetzen würde. Weit gefehlt. Es war alles eng und jeder Winkel war ausgenützt. In einer kleinen

Holzhütte, die nur wenige Meter hinter der Kulisse lag, wurden unzählige kleine Funkmikrofone an die Darsteller, welche eine Sprechrolle hatten, ausgegeben. Die Mikrophone waren sowohl an den Geräten nummeriert als auch auf Listen verzeichnet. Abermals wunderte sich der Inspektor, mit welcher Professionalität hier vorgegangen wurde. Einer der Männer bei der Ausgabe der Mikrofone bemerkte die Blicke des Inspektors. „Da schauen sie, was?“, sagte er, „jedes diese Mikrofone ist einzeln einprogrammiert, da wird nichts dem Zufall überlassen. Darum kann ich auch beispielsweise nicht ein Mikrofon spontan einem anderen Spieler geben, ohne alles neu programmieren zu müssen. Das verstehen viele leider nicht.“ „Ob sie es jemals verstehen werden?“, lobte der Inspektor das Team, musste sich aber eingestehen, dass ihn die Technik, die hier verwendet wurde, völlig überforderte. Er selbst war froh, dass er zu Hause seinen CD-Spieler in Betrieb nehmen konnte und hatte sogar noch einen alten Kassettenrekorder und zwei Kartons mit Kassetten in dem kleinen Abstellraum seiner Wohnung, weil er die Sachen nicht einfach wegwerfen wollte. Die Technik, die aber hier eingesetzt wurde und die Art und Weise wie hier Musik eingespielt wurde fand er phänomenal. „Beeindruckend," stammelte er, „wirklich beeindruckend." Der Mann bei der Mikrofonausgabe freute sich über das nicht alltägliche Lob. „Ja, hier bei der Ausgabe der Mikrofone sind wir zwei Personen und oben im Technikraum sind weitere vier Personen, die dafür sorgen, dass Ton und Musik perfekt sind." Er macht eine kurze Pause und gab zwei Mitwirkenden ihre Mikrofone, dann drehte er sich wieder zum Inspektor. „Teilweise wird das leider völlig unterschätzt. Den Leuten fällt es immer nur dann auf, wenn es eine Rückkopplung gibt oder ein Mikrofon zu spät aufgedreht wird. Dann beginnen sie zu schimpfen. Was aber für Arbeit dahintersteckt, ahnt kaum jemand." Der Inspektor nickte. So was kannte er nur allzu gut.

Von der Hütte mit den Mikrofonen führte schließlich eine enge Treppe hinauf in ein großes Areal, von welchem man auch zum Aufstellungsort für die Kreuzigung gelangte und hinter welchem er heute parkte.

„Da dürfen sie nicht hinein," hörte er eine

Stimme hinter sich, „nicht einmal Mitspieler dürfen jemanden mit hinter die Bühne nehmen!“ Ohne sich umzudrehen, ging der Inspektor weiter und fand es nicht einmal der Mühe wert seinen Ausweis herauszusuchen, wie er es sonst oftmals tat. „Haben sie nicht gehört?! Da darf kein Fremder hinein!“, überschlug sich nun die Stimme. Der Inspektor hob nur seine Hand als wolle er entschuldigend grüßen, ging aber weiter hinter die Bühne, ohne sich umzublicken.

Der Anblick, der sich nun hier bot, erinnerte ihn etwas an die Ferienstimmung seiner Kindheit. Hier war eine Krabbeldecke aufgelegt, auf welcher kleine Kinder mit wenigen mitgebrachten Spielsachen, Steinen, Hölzchen und Schneckenhäusern, die sie eben erst gesammelt hatten, ihrer Kreativität freien Lauf lassen konnten, dort war wieder ein Tisch aufgestellt, um welchen Darstellerinnen und Darsteller der Passionsspiele zusammensaßen und plauderten oder Karten spielten. Er beobachtete wie Mehlspeisen angeboten wurden und das eine oder andere Glas mit Wein von einer Hütte geholt wurden, deren

Verkaufsklappe nach oben geöffnet war. „Zum Felsen“ stand auf einem Schild, welches oben mit vier kleinen Nägeln befestigt war. Vor der Ausgabestelle bildete sich eine Traube von schon Kostümierten und Darstellern die gerade erst gekommen waren und sich scheinbar, bevor sie ihr Kostüm anziehen gehen wollten, noch eine Erfrischung holten. Eine Frau ging durch die Menge und teilte kleine Papierkärtchen aus, welche scheinbar ein Gutschein für ein Getränk waren. „Das ist unsere Gage,“ erkannte der Inspektor die Stimme des Mannes dessen Brille er zerstört hatte und der ihn knapp zuvor gezeigt hatte, dass man das Kreuz auch durchwegs allein mit dem Gabelstapler aufstellen konnte. „Wir arbeiten hier ja alle ehrenamtlich, wissen sie? Als einzige Gage gibt es pro Vorstellung ein Getränk für jeden.“ Der Inspektor schaute ihn ungläubig an. „Ja, das ist schon seit der Gründung der Passionsspiele so. Aber kommen sie, ich lade sie auf ein Getränk ein. Wollen Sie einen Spritzer?“ „Danke nein, ich bin im Dienst, aber bitte eine Frucade, wenn das möglich ist,“ bedankte sich der Inspektor höflich.

Eine junge Frau, die in der Hütte stand hatte zugehört und in Windeseile einen Spitzer und eine Frucadeflasche, in welche sie noch einen dünnen grünen Strohhalm steckte, hergerichtet. Der Mann legte ein paar Münzen hin und nahm zuerst die Flasche, die er dem Inspektor gab und anschließend das Glas mit dem Spritzer. Dann prosteten beide einander zu.

Nachdem sie einen Schluck genommen hatten, blickte der Mann den Inspektor an. „Herr Inspektor,“ fragte er in fast freundschaftlich vertrautem Ton, „ich habe da noch eine Frage. Sie verdächtigen mich nicht wirklich, oder?“ „Nicht die Spur, viel mehr ist mir durch ihre Vorführung klar geworden, dass es tatsächlich mehrere Täter sein müssen,“ antwortete der Inspektor und schlürfte die Frucade durch den Strohhalm, der ihm immer wieder in die Flasche glitt, „denn erstens müsste man den Gabelstapler perfekt beherrschen und zweitens, haben sie einen Zündschlüssel verwendet, woher hätte den der Täter haben sollen? Außerdem haben sie wahrlich kein Motiv.“ Erleichtert lachte der Mann auf, „Nein, ein Motiv habe ich

keines, aber hier unglaublich viel Arbeit."
Mit einem Zug hatte er das Glas mit dem Spritzer ausgetrunken, klopfte dem Inspektor noch erleichtert auf die Schulter und verschwand mit einem zufriedenen Gesichtsausdruck wieder zwischen den Mitspielern, deren Zahl größer und größer wurde.

Mitten in der Menge erblickte der Inspektor nun sowohl Kogler als auch Rauchnig in ihren Kostümen, daneben gingen jene Spieler, welche als römische Soldaten eingesetzt waren. Sie trugen nun zusätzlich goldglänzende Rüstungen und rote Umhänge und marschierten zur Bühne. Kinder wuselten in bunten Gewändern herum und liefen hintereinander her oder fütterten die beiden Esel, die ihren Schattenplatz unter einem strohgedeckten Dach sichtlich genossen. Schließlich erkannte der Inspektor auch noch jene Männer, die er das letzte Mal im Haus Nazareth bei der Probe gesehen hatte. Sie hatten sich nun goldene Gewände angezogen und trugen weiße Hüte, von welchen wallende schwarze Tücher herabhingen, die sich bei jedem Schritt majestätisch bewegten.

Langsam fühlte sich der Inspektor in den Orient von vor zweitausend Jahren zurückversetzt. „Kleider machen eben Leute," sagte er halblaut zu sich und ging wieder durch das Tor, durch welches er zuvor gekommen war, zurück über die Bühne in den Zuschauerraum. Dass er dabei von Schuster, der seitlich hinter der Zuschauertribüne hervorblickte beobachtet wurde, bemerkte er nicht.

XIX

„Ich begrüße alle zur heutigen Durchlaufprobe," schallte die Stimme von Sascha Fröhlich durch das Mikrofon. Da er vor einer ins Bühnenbild integrierten Box stand, gab es eine kurze Rückkopplung, welche aber neben einem lauten Pfiff auch zur Folge hatte, dass die Gespräche auf der Bühne mit einem Mal verstummten. „Wir starten gleich mit dem zweiten Teil und überspringen dabei die erste Szene," gab Fröhlich eine kurze Anweisung. „Didi, ich gebe die Stichwörter und du steigst bitte gleich mit der Musik der zweiten Szene, dem

Einzug in Jerusalem, ein. Ist das möglich?" Fröhlichs Blick wanderte zum Technikerhaus. Der Musiker nickte zustimmend und streckte den Daumen seiner rechten Hand in die Höhe. „Na gut, dann schauen wir, was wir schaffen," sagte Fröhlich und zitierte die Textstelle um so der Technik das Stichwort zu liefen. Die Musik setzte ein.

Von allen Seiten der Bühne kamen nun unzählige Darstellerinnen und Darsteller mit künstlichen Palmblättern und bunten Tüchern in den Händen auf die Bühne gelaufen. Hoch über der Bühne auf zwei Türmen und auf der künstlich errichteten Stadtmauer, welche die Kulisse auf der linken Seite der Bühne darstellte, traten nun jene römischen Soldaten auf, die der Inspektor noch vor der Probe hinter der Bühne gesehen hatte. Reiter kamen mit ihren Pferden hinzu und die Gruppe jener Männer, die er einst im Haus Nazareth bei einer Probe und knapp vor dem Durchlauf in ihren prächtig bunten Kostümen bei den großen Holztischen weintrinkend im Backstagebereich gesehen hatte, nahmen nun majestätisch auf einer Erhöhung des Bühnenbildes Platz. In ihren Händen hielten sie goldene Stäbe, welche an ihren oberen Enden mit jeweils einer goldenen Kugel verziert waren. Einige der Darsteller warfen Weihrauch in eine auf der Bühne aufgestellten Schale. Eine Rauchsäule stieg auf und es dauerte nicht lange, da konnte der Inspektor auch den Duft des Weihrauchs wahrnehmen, der sich im ganzen Areal verteilte. Unweigerlich musste er wieder an seine Erstkommunion denken und er hatte mit einem Mal wieder dieses unbestimmbare Gefühl im Bauch, welches er immer dann hatte, wenn er eine Kirche betrat, nur mit dem Unterschied, dass hier weit und breit keine Kirche war.

Als die Musik ihren Höhepunkt erreichte und schon eine unübersehbare mit Palmenwedeln und Tüchern winkenden Menschenmenge auf der Bühne war, kam schließlich Rauchnig auf einem Esel reitend von der Seite in die Mitte der Bühne. Der Regieanweisung die Fröhlich über das Mikrophon durchgegeben hatte folgend, jubelten die Mitwirkenden jetzt noch lauter.

Der Inspektor musste sich eingestehen, dass

er begeistert war, nur Fröhlich lief erneut hochkonzentriert die ganze Zeit von rechts nach links und links nach rechts und blickte aus allen möglichen Perspektiven aus dem Zuschauerraum auf das Bühnengeschehen. Ab und zu blieb er stehen und biss auf den Fingernagel des kleinen Fingers seiner rechten Hand und schob mit der anderen Hand etwas seinen Strohhut nach hinten. Auch dabei ließ er die Bühne keinen Augenblick aus den Augen. Es war schon ein vertrautes Bild für den Inspektor den Regisseur so zu sehen, dennoch faszinierte ihn heute vor allem das Spiel auf der Bühne, welches besonders bunt, lebendig und lebensfroh war.

Mitten in der Szene traten jetzt aus der großen Schar der mit den Palmwedeln winkenden Männer, Frauen und Kinder Schuster in der Rolle des Judas und noch ein zweiter Mitspieler. Über eine Treppe stiegen sie auf eine darüber liegende Ebene. Die Jubelrufe und die Musik verstummten in diesem Augenblick, wenngleich die Mitwirkenden weiterhin ihre Palmwedel schwenkten, winkten und jubelten; nur eben stumm.

Es war wie in einem Kostümfilm der Sechzigerjahre. Direkt vor dem Inspektor wurden beide Esel zurückgeführt, welche in der Szene zuvor mitgewirkt hatten. Einer der beiden hatte in seinem Zaumzeug am Kopf einen bunten Blumenstrauß fixiert, über seinem grauen festen Fell lag eine braune Decke, deren Ränder mit einem orientalischen Muster verziert waren. Die beiden Männer und die Frau, welche die Langohren führten, wirkten ebenso wie aus einem Hollywoodfilm. Erhaben gingen sie mit ihren langen Gewändern und den Beduinentüchern am Kopf vor ihren Eseln, die ihnen brav folgten. Die Männer trugen lange graue Bärte, welche den Gesichtern noch mehr Würde verliehen. Die Langohren nahmen den Schritt ihrer Führer auf. „Was ihr euch wohl denkt," sagte der Inspektor halblaut zu ihnen, als sie bei ihm vorbeikamen und er konnte es nicht lassen die beiden Esel zu tätscheln. Die Eselführer lächelten den Inspektor an.

Fröhlich ging währenddessen langsam, den Fingernagel des kleinen Fingers seiner rechten Hand knabbernd, von den hinteren Reihen des Zuschauerbereichs in die Richtung der Bühne und blieb bei Frieda und Beate stehen. Dann biss er seine Lippen zusammen. Der kleine Dialog auf der oberen Ebene der Bühne war beendet und der zweite Mann, der mit Schuster die Treppe hinaufgestiegen war, drehte sich nun zur Menge und schrie laut „Hosianna“, woraufhin die Musik wieder voll einsetzte und die Szene genauso bunt und quirlig fortgesetzt wurde, wie sie begonnen hatte.

Es war großes Theater, wie der Inspektor fand. Trotzdem schien Fröhlich nicht ganz zufrieden zu sein. Es folgte Szene um Szene. Der Inspektor hatte sich in der Zwischenzeit auf einen der gelbbraun gestrichenen Metallsessel gesetzt. Sie waren tatsächlich entsetzlich unbequem und er dachte sich, dass man auf jeden Fall ein Polster brauchen würde, um einigermaßen ohne Spätfolgen eine längere Vorstellung zu überstehen. Dadurch, dass der Inspektor relativ groß war, stieß er auch permanent mit seinen Knien an der vorderen Sitzreihe an.

So unbequem die Sitze auch waren, so konnte der Inspektor von seinem Sitzplatz aus zumindest die ganze Bühne überblicken, von der untersten sandbedeckten Ebene bis hinauf zu jenem erhabenen Felsenvorsprung, auf welchem später das Kreuz aufgestellt werden würde.
Bei der Szene des Letzten Abendmahls, fuhr plötzlich ein riesiger Abendmahltisch von unterhalb der Bühne in die Höhe. „Raffiniert!", rief der Inspektor begeistert, „wirklich raffiniert!" Ohne den Blick vom Geschehen abzuwenden, sucht er wieder in seiner Hosentasche nach einem Ingwerzuckerl. Abermals erfüllte Weihrauchduft die Szene und sanfte Musik setzte ein. Immer mehr Darsteller, welche die Apostel spielten, kamen nach und nach zu dem Tisch und deckten Becher, Holzschüsseln und Krüge auf. Als letzter war Schuster als Judas hinzugekommen. Er hatte in der Szene zuvor Jesus für gerade einmal dreißig Silberlinge verraten. Mit einem lauten Geräusch fiel der Geldbeute vor seine Füße und die von der oberen Plattform herabblickenden Pharisäer und Priester lachten. Judas wäre um ein Haar zu spät zum Letzten Abendmahl gekommen.

Der Blick und die Bewegungen, ja jede Geste Schusters passten, sodass sich der Inspektor ganz in die Szenen hineingezogen fühlte.

Erst als alle Aposteldarsteller Platz genommen hatten, begann er wie automatisch nachzuzählen, ob sich hier, so wie auf den Plakatwänden an den Ortseinfahrten von Sankt Magdalena, auch nur elf Apostel eingefunden hätten, oder ob es doch zwölf Apostel waren, die sich um den Tisch versammelt hatten. „...neun, zehn, elf, zwölf," zählt er und grinste breit. Da bemerkte er, dass auch Fröhlich mit seinem Zeigefinger nachzählte und schließlich zufrieden nickte. „Zwölf," sagt dieser, „Gott sei Dank, sind es zwölf." Fröhlich war ein paar Schritte zurück gegangen und stand nun neben dem Inspektor. „Wissen sie, Herr Inspektor, das Letzte Abendmahl muss wie ein Gemälde wirken. Es muss die Leute berühren, so wie viele andere Szenen auch," flüsterte er und schaute mit verklärtem Blick auf die Bühne. Eine kleine Träne bildete sich in den Augenwinkeln des Regisseurs. Der Inspektor nickte. Auch er hatte sich schon einige Male dabei ertappt, dass er bei einigen Szenen

Tränen in den Augen gehabt hatte. Nun sah er, dass es nicht nur ihm so ging. Fröhlich wischte sich mit einer schnellen Bewegung die Tränen aus den Augen. Dabei rückte er mit der anderen Hand seinen Strohhut zurecht und räusperte sich unnatürlich laut.

Besonders prächtig und spektakulär fand der Inspektor jene Szenen, in welchen die römischen Soldaten auftraten. Die Rüstungen und die goldenen, mit roten Federn verzierten Helme glänzten im gleißenden Licht der Sonne, welche unbarmherzig auf die Bühne brannte und Brustpanzer und Römerhelme aufheizte. Schwere rote Umhänge, welche bis zum Boden reichten, stellten eine zusätzliche hitzetechnische Herausforderung für die Komparsen dar. Dennoch rührten sich die Darsteller der römischen Soldaten keinen Millimeter und standen wie ein Fels in der Brandung auf den dafür vorgesehenen Plätzen. Ein Soldat mit römischer Standarte stand zwischen zwei roten, schnell herein geschobenen Vorhängen, welche gleichsam als Farbtupfen im sonst sandbraunen Bühnenbild vollkommen genügten, um den Palast des römischen Statthalters darzustellen.

Wiederum kamen die zwei Reiter mit ihren Pferden herein, die Darsteller der Priester und Pharisäer in ihren schwarzgoldenen Gewändern und schließlich alle Darstellerinnen und Darsteller welche das Passionsspiel zu bieten hatte als Volk. Es war ein Spektakel der Sonderklasse, was sich dem Inspektor bot.

Die Probe näherte sich jener Stelle, von der sich viele Mitwirkende insgeheim gefürchtet hatten. Der Darsteller des Hohepriesters Kajaphas erhob, seine hohe weiße Kappe mit schwarzem Tuch auf dem Kopf tragend und eine mächtige schwarze Schleppe hinter sich her schleifend, seinen goldenen Stab mit der Kugel daran. „Kreuzige ihn!“, rief laut und voller Überzeugung, als Rauchnig mit Dornenkronen auf dem Kopf und blutigem Gewand vom Darsteller des Pontius Pilatus auf einen Vorsprung der Bühnendekoration dem Volk gezeigt wurde. „Kreuzige ihn!“, wiederholte er nun noch lauter. Doch es blieb still.

Keiner aus dem Volk, keiner der anderen Darsteller der Priester und Pharisäer, niemand wiederholte den Ruf „Kreuzige ihn“, welchen der Text nun vorsah.
Alle sahen nur betreten drein. Einige blickten zu Boden und bei manchen bildeten sich Tränen in den Augen. Manche hörte man sogar schluchzen. „Ich halte das nicht mehr aus,“ rief eine junge Frau und lief weinend von der Bühne. Dann war es still. Totenstill.

Schuster, der bei der Szene zuvor als Judas von der Bühne abgegangen war, kam nun durch eine seitliche Öffnung in der Kulisse wieder zurück. Er beobachtete alle anderen Anwesenden und setzte sich auf einen großen Stein, der fast zentral in der Mitte der Bühne lag. Auch er hatte leicht von Tränen gerötete Augen. Beim Stein angekommen, schaute er abermals den Inspektor direkt an, was dieser aber nicht bemerkte.

„Und jetzt?“ Der Darsteller des Kajaphas blickte Fröhlich an, jener des Pilatus ebenso. Nach und nach blickten alle Darstellerinnen und Darsteller Fröhlich fragend an. Der Pfarrer, der während der Probe dazugestoßen war, ging nun zur Bühne und blieb neben Sascha Fröhlich stehen. „Und jetzt?“, wiederholte nun auch Fröhlich die Frage, die eigentlich an ihn gerichtet worden war. Er biss, wie so oft, seine Lippen zusammen, nahm mit der linken Hand den Strohhut ab und kratzte sich mit der rechten Hand am Kopf. „Jetzt,“ wiederholte er, „jetzt werden wir erstmals eine kurze Pause machen. So macht es ja keinen Sinn zu proben.“

Einen Augenblick lang standen alle noch stumm da, dann begannen die ersten Mitwirkenden leise miteinander zu reden und gingen von der Bühne. Nach und nach löste sich die große Gruppe auf. Die meisten der Darsteller verschwanden durch die Tore, die auf die Bühne führten und gingen sich ein Getränk holen, einige setzten sich auf die Metallsessel im Zuschauerbereich und starrten vor sich hin.

Nun erst bemerkte der Inspektor, dass Schuster zurückgekehrt war und nahezu unbeweglich auf dem großen Stein saß.

Von der ganzen Situation auch mitgenommen, atmete der Inspektor tief durch und ging schließlich zu Schuster auf die Bühne. Im Vorbeigehen sah er noch, dass Fröhlich und der Pfarrer miteinander ein paar Worte wechselten.

Der Inspektor machte noch einen Bogen auf der Bühne. Dabei knirschten der Sand und der Kies unter den Sohlen seiner braunen, in die Jahre gekommenen Schuhe. Schließlich stand er hinter dem Stein, auf welchem Schuster hockte und blickte über Schuster hinweg in die Richtung des Zuschauerraums, wo einige der Mitwirkenden saßen. Von der ersten Ebene der Bühne, wohin sich auch einige Mitspieler zurückgezogen hatten, spürte er Blicke in seinem Rücken. Er dachte aber gar nicht daran sich umzudrehen, er war diese Blicke schließlich von sämtlichen Ermittlungen gewöhnt. Sie machten ihn schon lange nicht mehr nervös, vielmehr gehörten sie zu seinem Job. „Ein Inspektor wird immer angestarrt, merk dir das," hatte ihm ein knapp vor der Pension stehender Kollege gesagt, als er beim Landeskriminalamt seinen Dienst angetreten hatte. „An die Blicke wirst du dich gewöhnen müssen." Er hatte sich daran gewöhnt.

Nun stand er hinter Schuster. Dieser saß auf dem wuchtigen Felsbrocken, der wahrscheinlich auch mit dem Gabelstapler transportiert worden war. Schusters Oberkörper war weit nach vorne gebeugt, die Ellbogen stützte er auf seinen Oberschenkeln auf. Sein rechter Fuß wippte nahezu unkontrolliert unaufhörlich auf und ab, wobei unweigerlich kleine Steine und Sand in seine Sandale geschaufelt wurden. Mit der linken Hand richtete er immer wieder das cremefarbene Tuch, welches er um den Hals geschlungen hatte. Immer wieder fuhr er sich durch die schwarzen Haare, die nun strubbelig in alle Richtungen standen.

Der Inspektor kramte wieder in seiner Hosentasche und nahm zunächst ein Ingwerzuckerl heraus. Nach einiger Zeit hatte er schließlich ein zweites gefunden und hielt nun beide Zuckerl in seiner verschwitzten Hand. Er zupfte noch sein Sakko zurecht und ging einige Schritte auf Schuster zu.

„Herr Kollege," sagte er, diesmal allerdings ohne sarkastischen Unterton, „ist alles in

Ordnung mit ihnen?“ Er machte eine kleine Pause. „Scheint sie durchaus mitzunehmen.“ „Das soll sie nicht kümmern,“ sagte Schuster reflexartig und wischte sich mit der linken Hand, mit welcher er sich gerade noch durch die Haare gefahren war, eine Träne von der Wange. Mit der rechten Hand griff er nach dem Halstuch, welches mehrmals um den Hals geschlungen war und vorne weiter herabhing. Mit einer langen Halstuchschlaufe wischte er sich schließlich die Nase ab. Ohne was zu sagen, setzte sich der Inspektor neben Schuster auf den Stein.

Einige Augenblicke sprachen beide kein Wort, dann hielt der Inspektor Schuster mit seiner Hand die zwei Ingwerzuckerln hin, die er zuvor aus seiner Hosentasche genommen hatte. „Ingwer,“ sagte der Inspektor, „Ingwer mit Honig.“ Ohne den Inspektor dabei anzusehen, nahm Schuster eines der beiden angebotenen Zuckerln. Während sein Blick ins Leere glitt, wickelte er es aus und steckte es in den Mund. Das Papier knüllte er mit seiner rechten Hand ganz klein zusammen. Der Inspektor hatte das zweite Zuckerl ausgewickelt. „Ingwer ist zwar nicht jedermanns Sache, aber mir schmeckt es," sagte er. Schuster nickte zustimmend.

„Wie gut haben sie Christoph eigentlich gekannt?", fragte der Inspektor nach einer Weile. Langsam richtete sich Schuster auf. „Wir waren schon zusammen im Kindergarten, Herrn Inspektor. Dann gemeinsam vier Jahre in der Volksschule und im Anschluss zusammen in der Unterstufe. Dann haben sich unsere Wege getrennt. Jeder ging in eine andere Schule." Schuster machte eine Pause. Der Inspektor nickte. „Verstehe," sagte er, „verstehe und dann?" „Wir haben uns aus den Augen verloren," sagte Schuster, „umso mehr habe ich mich gefreut Christoph bei den letzten Passionsspielen wiederzusehen. Er war damals ein stummer Apostel, ich habe den Apostel Johannes gespielt."
Er stand auf und ging ein paar Schritte hin und her. „Wissen sie, viele in Sankt Magdalena verlieren einander aus den Augen, viele fahren in der Früh Richtung Hauptstadt zur Arbeit und kommen erst am Abend zurück. An den Wochenenden ist jeder froh, wenn er seine Ruhe hat. Da lebt sich ein

Dorf schon auseinander. Darum freuen sich auch viele in Sankt Magdalena jedes Mal auf die Passionsspiele, weil sie dann wieder Zeit miteinander verbringen können, sei es bei den Proben oder bei den Aufführungen.“ Er hielt kurz inne. „Heuer ist alles wohl etwas anders.“ Sie schwiegen.

Fröhlich ging an ihnen vorbei, klopfte Schuster auf die Schulter und nickte schließlich dem Inspektor zu. Dann ging er zu einem der Tore, die hinter die Bühne führten. Dort wartete schon der Pfarrer auf Fröhlich. Schuster blickte ihnen nach.

„Noch eine Frage,“ sagt der Inspektor zu ihm, „sie wollten doch heuer selbst den Jesus spielen, oder?“ „Ja, das hat ihnen ja Fröhlich schon lange gesagt,“ sagte Schuster feststellend, „aber ich sage ihnen, was ihnen auch schon der Simon Rauchnig gesagt hat, dass ich deshalb nicht zum Mörder werden würde. Im Gegenteil, der Judas ist mit Abstand die beste und geilste Rolle in der ganzen Passion.“ Er ging einen Schritt auf den Inspektor zu. „Außerdem haben Christoph und ich seit kurzer Zeit an einem gemeinsamen Projekt gearbeitet."

Der Inspektor hob den Kopf und stand auf. „Einem Projekt?", fragte er, „was für ein Projekt?" „Ach nichts so Bedeutendes," sagte Timo Schuster, „nur eine Chronik über Sankt Magdalena."

XX

„So," war in diesem Moment Fröhlichs Stimme durch die Lautsprecher zu hören und unterbrach das Gespräch von Schuster und dem Inspektor, „der Herr Pfarrer und ich haben versucht eine Lösung für die heutige Probe zu finden. Wir steigen direkt nach der Verurteilung ein und proben bis zu der Stelle, bevor der Heiland ans Kreuz geschlagen wird. Klar? Also bitte wieder alle auf ihre Plätze."

„Entschuldigen sie mich, Herr Inspektor," sagte Schuster und blickte sein Gegenüber an, „ich muss auf meinen Platz gehen, für meinen Auftritt." „Ist schon gut, Herr Schuster," sagte der Inspektor und nickte.
Nach und nach kamen die Mitwirkenden

zurück auf die Bühne, schließlich auch der Pfarrer, neben ihm Fröhlich, der noch immer das Mikrofon in der Hand hatte, mit welchem er sich erneut die Krempe seines Strohhutes hochdrückte. Beide gingen miteinander redend über die Bühne und setzten sich neben Frieda und Beate hin, welche wieder am Regietisch Platz genommen hatten. Sie begannen wieder eifrig in ihren Notizen und im Textbuch zu blätterten. Der Darsteller des Pilatus stieg erneut in seinem prachtvollen Kostüm die Treppe hinauf, in der rechten Hand seinen Helm mit weißen Federn haltend, flankiert von den Soldaten in den goldenen Rüstungen. „Dann sollt ihr eure Kreuzigung haben," rief er in die Menge. Musik setzte ein und das große Kreuz wurde, wie zwei Stunden zuvor beim technischen Probendurchlauf, wieder aus dem Kulissentor herausgetragen.

Der Inspektor hatte sich neben dem Pfarrer und Sascha Fröhlich einen Platz gesucht und blickte sich das Spektakel an.

„Das geht unter die Haut, oder?" Der Inspektor drehte sich um. Neben ihm hatte sich Robert Kogler, der zweite Jesus-

Darsteller gestellt. Der Inspektor hatte sein Kommen nicht bemerkt. „So könnte es damals wirklich gewesen sein,“ flüsterte Kogler, um die Probe nicht zu stören.

„Ja, so könnte es damals gewesen sein,“ wiederholte der Inspektor ebenso im Flüsterton und musste unweigerlich an das Obduktionsergebnis von Christoph Dreher denken.

Hatte ihm nicht der Gerichtsmediziner gesagt, dass die Nagelung durch Drehers Händen auch so war, wie es damals gewesen sein musste, nämlich genau durch die Handwurzelknochen und nicht durch die Handfläche? Hatte der Inspektor diesem Detail zu wenig Beachtung geschenkt? Der Inspektor versuchte, während die Szene geprobt wurde, seine Gedanken zu ordnen. Er sah ein historisches Spiel, bei welchem Großteils auf historische Details geachtet wurde. Die römischen Soldaten wirkten wie aus dem Geschichtsbuch und auch der Rest war realistisch und historisch detailverliebt dargestellt. Da Fröhlich gerade hoch konzentriert auf die Szene blickte und wieder hin und her lief, um die Bühne von den unterschiedlichsten Blickwinkeln zu betrachten, wandte sich der Inspektor dem Pfarrer zu, der nun einige Schritte weiter weg im Schatten einen neuen Platz gesucht hatte.

„Herr Pfarrer," sagte der Inspektor, „darf ich sie kurz stören?" „Selbstverständlich, Herr Inspektor, was kann ich für sie tun?", antwortete der Pfarrer. „Das Passionsspiel ist doch historisch genau, oder?", fragte der Inspektor. Der Pfarrer rückte seine Brille zurecht. „Nun ja. Jein, wieso fragen sie?" „Nun," begann der Inspektor mit seiner Ausführung und atmete tief durch, „die Römer, Pilatus, die Pharisäer, alles historisch getreu." Er machte eine kurze Pause. „Auch die Nagelung bei Dreher am Kreuz war historisch getreu, nämlich genau beim Handwurzelknochen." „Ich verstehe nicht, was sie meinen," sagte der Pfarrer und in seiner Antwort schwang ein großes Fragezeichen mit. „Hat sich jemand von den Passionsspielern mit dem historischen Hintergrund der Passion auseinandergesetzt? Wer konnte das mit der Nagelung wissen?", stieß der Inspektor nach.

„Ach so meinen sie," antwortete der Pfarrer und machte eine Handbewegung, als wollte

er etwas vom Tisch wischen. „Wir machen ja kein Historienspiel, wir machen ja Passionsspiele die nicht nur in der Vergangenheit spielen sollen, sondern sozusagen auch in unsere Zeit hineinreichen. Verstehen sie? Aber wenn sie das meinen, Herr Inspektor, wir haben schon begleitende Angebote gehabt für die Gemeinde."
„Begleitende Angebote?", frage der Inspektor erstaunt. „Ja, angefangen von einer Pilgerreise ins Heilige Land bis hin zu Vorträgen über das Leben zur Zeit Jesu oder das Grabtuch von Turin und ich glaube, da war das mit der Nagelung der Hände sogar Thema, wenngleich mir damals unser Regisseur gesagt hat, dass das für seine Inszenierung uninteressant ist." Wie um sich selbst zu bestätigen, nickte der Pfarrer heftig. Der Inspektor hob nur eine Augenbraue. „Aso," sagte er, „und wie war der Besuch dieser Veranstaltungen?" „Naja, die üblich Verdächtigen," prustete der Pfarrer vorsichtig los. Er wischte sich eine Träne, die sich durch das Lachen gebildet hatte, aus den Augen. „Verzeihen sie dieses Wortspiel, aber ich konnte jetzt nicht anders. Sie als Inspektor und meine üblich Verdächtigen," lachte er

erneut auf. Dann schien er nachzudenken.

„Obwohl, wenn ich mich recht erinnere, war da neben den Gemeindeangehörigen von Sankt Magdalena auch eine kleine Gruppe aus unserer Nachbarortschaft und noch eine Handvoll Leute, die ich aber nicht kannte. Ich habe mich nur gewundert, dass sie ohne Regenschirme gekommen sind, da es damals geschüttet hat.“ Abermals hielt er inne und richtete sich erneut seine Brille. „Wie gesagt die Massen waren nicht da, eben einige Leute von uns und auswärts. Trotz des Sauwetters. Aber das Thema Grabtuch mit all seinen kontroversen Diskussionen, ob es echt ist oder eine Fälschung, zieht eben immer.“

Der Inspektor nickte und erinnerte sich, dass er selbst einmal in einer Zeitschrift einen Artikel über dieses sagenumwobene und spätestens seit dem Mittelalter belegte Tuch, welches ein Abbild Jesu zeigen sollte, gelesen hatte. Ihn selbst faszinierte damals die Argumente für und gegen die Echtheit des Tuches und auch die unterschiedlichsten Theorien dazu. Dass das Thema des Turiner Grabtuches viele Leute angelockt hatte, wunderte den Inspektor deshalb nicht wirklich, aber er fragte sich, wer die Leute waren, die zum Vortrag gekommen waren und ob es einen Zusammenhang mit dem Mord geben konnte. Ausschließen konnte und wollte er nichts mehr in diesem Fall. „Wer die Fremden waren, wissen sie nicht mehr?“, fragte der Inspektor nach. „Leider nicht die Bohne,“ sagte der Pfarrer entschuldigend. Enttäuscht biss der Inspektor die Lippen zusammen, wie es sonst Fröhlich immer wieder tat. „Übrigens, Herr Inspektor, kommen sie heute auch zu Pepis-Sportlertreff? Sind sicher wie immer auch viele Passionsspieler da. Heute nach der Probe. Ich würde mich freuen,“ sagte der Pfarrer. Der Inspektor bedankte sich und blickte erneut zur Bühne.

„Danke, das war es für heute. Hoch die Hände Probenende,“ tönte Fröhlichs Stimme durch den Lautsprecher. „Wir werden das schon alles hinbekommen. Szene für Szene. Ein paar Wochen haben wir ja noch. Nochmals danke für heute.“ Als Fröhlich mit dem Mikrofon vor einer der großen Bühnenboxen vorbei ging, gab es erneut eine kurze Rückkopplung. Es pfiff abermals unglaublich laut, sodass alle Passionsspieler auf der Bühne etwas zusammenzucken. Nach und nach verließen schließlich die Mitwirkenden die Bühne und gingen zu ihren Garderobecontainern. Auch der Inspektor ging hinter die Bühne. Die Darstellerinnen und Darsteller verschwanden kurz und kamen schließlich in ihrer Alltagskleidung wieder zurück. Die römischen Soldaten legten ihre prunkvollen Helme und Schwerter in die dafür vorgesehenen Regale und waren froh, dass sie die von der Sonne erhitzten Brustpanzer ablegen konnten. Nun konnten auch die kleinen Kinder wieder gewickelt und die Esel mit frischem Wasser versorgt werden und erneut wurden Mehlspeisen in Plastikboxen herumgereicht. Wie zuvor bot sich dem Inspektor ein buntes und lebendiges Bild.

„Ich habe ihnen schon einmal gesagt, dass sie hier nicht hineindürfen," hörte er plötzlich jene Stimme hinter sich, die er schon letztes Mal schlicht ignoriert hatte. „Jaja," murmelte er diesmal, drehte sich allerdings abermals nicht einmal um. Nun blieb der Inspektor zum Trotz länger als geplant. Diesmal überlegte er aber auch schon seine Dienstmarke zu zücken, um eine Verwarnung wegen der

Behinderung einer Amtshandlung auszusprechen, ließ es aber dann doch sein. Nach etwa einer halben Stunde, in welcher er das Geschehen in der Hoffnung auf einen Hinweis beobachtete, fuhr er schließlich zum genannten Treffpunkt in die Ortschaft.

XXI

Mehr aus Höflichkeit und um den Pfarrer nicht zu beleidigen, der ihn schließlich eingeladen hatte, betrat der Inspektor, nachdem er sein Auto davor geparkt hatte das kleine Imbisslokal. „Pepis-Sportlertreff " war eine kleine massive Holzhütte nahe dem, bei der Ortseinfahrt liegenden Sportplatz und war dem Inspektor nicht zuletzt wegen einer großen Werbetafel schon öfter beim Vorbeifahren aufgefallen.
Die Hütte war urig und nicht allzu groß, aber das Holz vermittelte eine gemütliche Atmosphäre und letztlich auch Geborgenheit. Unzählige aufgehängte Fotos von Fußballmannschaften und Fahrradgruppen, ja sogar ein Bild der lokalen Trachtenkapelle und Fotos von Politikern zeigten, dass hier

wirklich jeder willkommen war. Trauerpaten verstorbener Stammgäste hingen neben Plakaten zum nächsten Preisschnapsen und der Einladung zu einem Dämmerschoppen. Die Bestellungen von Getränken wurden einfach durch einen kurzen Ruf hinter die Bar getätigt. Kaum hatte man bestellt, war das gewünschte Getränk auch schon da.

Heute gesellten sich zu den Passionsspielern, die nach der Probe in der Imbisshütte eingekehrt waren, auch noch die Fußballspieler des benachbarten Sportplatzes von Sankt Magdalena, welche nach ihrem Training nun ebenso hier einkehrten. So bedrückt die Stimmung noch am Nachmittag bei der Probe der Passionsspiele gewesen war, umso ausgelassen was sie nun.
Auch der Pfarrer schaute wie versprochen, zur Freude der Passionsspieler, einen Sprung vorbei, trank aber nicht so wie die anderen einen weißen Spritzer, sondern orderte sich ein Glas guten Rotwein. „Hallo," rief der Pfarrer dem Inspektor zu, als er ihn zwischen den Passionsspielern und Angehörigen der Fußballmannschaft entdeckte und er winkte ihm quer durch den kleinen Gastraum zu,

„schön, dass sie gekommen sind. Auch einen Spritzer, oder ziehen sie mit mir mit?“ „Danke, weder noch,“ sagte der Inspektor. „Noch im Dienst?“, frage der Pfarrer ungläubig. „Ich bin immer im Dienst,“ lachte der Inspektor und war froh über diese kriminalpolizeiliche Floskel, welche es ihm ermöglichte, nüchtern zu bleiben und später noch selbst mit dem Auto nachhause fahren zu können.
„Worauf darf ich sie sonst einladen?“, ließ der Pfarrer nicht locker. „Wenn sie schon so drängen, dann bitte eine Frucade. Eine Frucade wären mir jetzt am liebsten,“ gab sich der Inspektor geschlagen. Kaum hat er seinen Wunsch ausgesprochen, war das gewünschte Getränk auch schon da. Der Inspektor nahm den gelben Strohhalm, der im Flaschenhals steckte, heraus und legte ihn auf den Tisch. „Mir rutschen die Strohhalme immer in die Flaschen,“ sagte er fast entschuldigend, als er merkte, dass der Pfarrer seine Aktion beobachte. „Ja,“ sagte der Pfarrer, „jeder hat seine eigene Technik beim Trinken.“

Langsam wurde die Geräuschkulisse der Gespräche immer lauter. Nur Timo Schuster saß etwas abseits. Es war dem Inspektor zuerst gar nicht aufgefallen, dass auch er noch in die Imbisshütte dazugekommen war. Vor Schuster stand ein kleines Bier, dessen Schaum schon eingefallen war. Er blätterte in einer Gratistageszeitung, von welcher mehrere Exemplare auch auf den anderen Tischen im Imbiss auflagen.

„Darf ich mich zu ihnen setzen, Herr Kollege?“ „Gerne,“ sagte Schuster und war nun schon entspannter als noch einige Stunden zuvor beim Gespräch mit dem Inspektor im Steinbruch.
Allerdings wollte keine richtige Unterhaltung zustande kommen. Schuster blockte alle Smalltalkversuche des Inspektors geschickt ab und blätterte stattdessen die ganze Zeit in der kleinformatigen und vielbebilderten Zeitung. Bei einer Seite blieb Schuster plötzlich hängen und schien sie immer wieder und immer wieder zu lesen. Dem Inspektor wäre dies nicht wirklich aufgefallen, da gerade Sascha Fröhlich die Imbisshütte betrat und lautstark in die Runde grüßte. Danach nahm er seinen Strohhut ab und fuhr durch seine schütteren Haare. Einige der

Passionsspieler grüßten freundlich zurück, andere bemerkten sein Kommen nicht einmal oder wollten es nicht bemerken. Er kratzte sich am Kopf und ging zur Bar, um sich ein Glas Wein zu bestellen.

Der Inspektor nickte Fröhlich zu, der ihn hinten in der Imbisshütte entdeckt hatte. Fröhlich prostete ihm imaginär zu und auch der Inspektor hob seine Frucadeflasche in die Höhe und prostete dem Regisseur und auch dem Pfarrer zu, indem er seine Lippen zum Wort „Prost“ formte.
Schließlich wandte er sich auch Schuster zu, um mit ihm anzustoßen. Dieser nahm sein noch fast zur Gänze gefülltes Bierglas, prostete dem Inspektor zu und trank das Bier mit einem Zug aus. Dann stellt er das Glas auf den Tisch, wischte sich mit der anderen Hand den Mund ab und schlug die Gratistageszeitung zu. Er nahm abermals das Bierglas und stellte es auf die zugeschlagene Zeitung und stand auf. „Auf Wiedersehen, Herr Inspektor,“ sagte er und klopfte dabei noch auf die Tischplatte, „ich wünsche noch einen schönen Abend.“
„Danke ebenso,“ murmelte der Inspektor und

nahm einen Schluck Limonade aus seiner Flasche.

Schuster verließ rechts und links grüßend schnell den Raum. Als er nahe bei der Türe angekommen war, steckte er ein kleines Stück Papier, welches er in der Hand gehalten hatte in seine rechte Hosentasche. Er öffnete die Türe und trat hinaus in die angenehme Kühle des Abends.

Auch der Inspektor beschloss auszutrinken und nachhause zu fahren. Für ihn gab es hier nicht mehr wirklich etwas zu tun, noch dazu, wo die anwesenden Passionsspieler, aufgrund des nicht unbeträchtlichen Alkoholkonsums, kaum mehr befragt hätten werden konnten, sodass zu diesem Zeitpunkt letztlich jede Ermittlungsarbeit sinnlos gewesen wäre. Außerdem hatte der Inspektor in der Gruppe der Mitwirkenden der Passionsspiele in Bezug auf den Mord im Steinbruch schon sämtliche Befragungen durchgeführt, sodass er sich hier keine neuen Erkenntnisse mehr erwartete.
Er stellte die leere Frucadeflasche neben das ausgetrunke Bierglas Schusters und zog fast

reflexartig die Gratistageszeitung darunter heraus. Er rollte sie zusammen. Schließlich legte er einige Münzen auf den Tisch, um seine Zeche zu bezahlen. Während er zum Ausgang ging, winke er mit der rechten Hand einigen Passionsspielen, dem Pfarrer und nicht zuletzt auch Sascha Fröhlich zu.
„Sie wollen schon gehen?“, fragte der Pfarrer. Noch bevor der Inspektor etwas sagen konnte, lachte Fröhlich los. „Sie sehen doch, Herr Pfarrer, der Herrn Inspektor möchte sich heute noch bilden.“ Dabei deutete er auf die zusammengerollte Zeitung, welche der Inspektor in seiner linken Hand hielt, „und sicher noch die Qualitätslektüre hier lesen.“
Der Inspektor merkte, wie er leicht rot wurde. „Ich,“ stammelte er verlegen, „ich nehme diese Zeitungen immer sehr gerne mit, einfach so zum Durchblättern.“
„Klar,“ sagte Fröhlich und lachte „die besten politischen Analysen, knackige Wirtschaftsberichte, Kulturkritiken vom Feinsten. Und das alles auf nur sechzehn Seiten, Bilder inklusive.“ Nun musste auch der Pfarrer lachen und der Inspektor wurde noch mehr rot.

„Naja. Vielleicht nicht mit Qualität, aber mit Sankt Magdalena Infos," sagte der etwas festere Mann, den der Inspektor sowohl im Haus Nazareth als auch im Steinbruch schon bei den Proben gesehen hatte und der das kurze Gespräch der drei am Rande mitbekommen hatte. „Magdalena Infos," sagte er nochmals. Dabei hielt auch er ein Exemplar der Zeitung in die Höhe und grinste. Dann wandte er sich wieder zu einer Gruppe Passionsspielern zu und plauderte weiter.
„Soso," sagte Fröhlich, „Sankt Magdalena Infos. Naja, ein Qualitätsblatt eben." Lachend bestellte er sich noch ein Glas Wein. Auch der Pfarrer drehte sich wieder zur Bar, um sich ebenso noch einen Rotwein zu ordern. Kaum hörbar wünsche der Inspektor nochmals einen schönen Abend und verließ die Imbisshütte.

Als er vor seinem Auto stand, begann er den Autoschlüssel in seinen Hosentaschen zu suchen und freute sich, dass er bald fündig wurde. Er sperrte seinen Wagen auf und ließ sich erschöpft auf den Fahrersitz fallen. In dem Moment, wo er die zusammengerollte Tageszeitung zu den anderen Exemplaren, die sich wieder einmal über Tage und Wochen im Auto angesammelt hatten, werfen wollte, hielt er plötzlich inne. Was hat der Mann aus dem Steinbruch gesagt? Sankt Magdalena Infos? In einem Revolverblatt?

So müde der Inspektor auch war, nun war er mit einem Schlag munter. Er schaltete das Innenlicht seines Autos ein und blätterte die Zeitung durch, die er knapp davor schon zu den anderen Zeitungen legen wollte. Blitzartig überflog er die einzelnen Seiten von oben nach unten. Auf Seite sieben angekommen, merkt er zu seiner Verwunderung, dass scheinbar ein Artikel aus dem Blatt herausgerissen worden war.
Der Inspektor riss die Augen auf, hob den Kopf und zog eine Augenbraue hoch. Hatte nicht Timo Schuster zuvor ein Stück Papier eingesteckt, als er die Hütte verließ und war das nicht Schusters Gratiszeitungsexemplar?

Der Inspektor blätterte noch schnell die restlichen Seiten der Zeitung durch, allerdings ohne einen Hinweis auf Sankt Magdalena zu finden. Es musste also dieser herausgerissene Artikel sein, welchen der

Mann aus dem Steinbruch gemeint hatte. Der Inspektor warf die Zeitung auf den Beifahrersitz seines Wagens, dann öffnet der schwungvoll die Türe, wobei er beinahe das neben ihm parkende Auto beschädigte. Mit schnellen Schritten ging er zurück zur Imbisshütte, als würde es sich um den Einsatz einer Sondereinheit handeln.

In seiner Eile übersah er nicht nur beim Öffnen der Imbisshüttentüre die Schwelle derselben, sondern stolperte auch über seine Schuhbänder, sodass er sich verfing und ungeschickt in den Schankraum stolperte.
Schwer schlugen seine Schritte auf dem Holzboden des heimeligen Lokals auf. Die Augen aller Anwesenden waren nun auf ihn gerichtet. Als er endlich zum Stehen kam, konnte sich mancher das Lachen nicht mehr verkneifen, was letztlich auch am nicht unerheblichen Alkoholkonsum der Lokalgäste lag.

„Na, da schau ich aber," sagte der Pfarrer lachend, „sie sind schon wieder zurück, Herr Inspektor?" Ohne auf die Worte des Pfarrers zu achten, ging der Inspektor auf einen der

Tische zu, wo noch einige Exemplare der Gratiszeitung lagen. Schnell blätterte er in einer der Zeitungen bis zur siebenten Seite.

„Habe ich es mir doch gedacht," rief er triumphierend und rollte die Zeitung zusammen und klopfte wie ein kleines Kind auf den Tisch, auf welchen er die Zeitung genommen hatte. „Ja, Herr Pfarrer! Ich bin zurück und auch ein Stück weiter als sich alle denken!" Dabei hob er die Zeitungen in die Höhe wie einen Siegespokal.
„Sankt Magdalena Infos," lachte er fast triumphierend.

XXII

Am nächsten Tag saß der Inspektor schon zeitig in der Früh in seinem Büro. Vor sich hatte er beide Gratiszeitung des Vortages liegen. Das aktuelle Exemplar hatte er, wie so oft zwar in der Früh mitgenommen, aber reflexartig auf den Stapel der Gratiszeitungen auf die Rückbank seines Wagens gelegt, wo unzählige dieser Zeitungen abgelegt waren und nur auf deren Entsorgung warteten.

Nur die zwei Exemplare des Vortags interessiert ihn zu diesem Zeitpunkt wirklich. Zum einen jenes Exemplar, welches noch komplett war und welches er noch aus der Imbisshütte geholt hatte, zum anderen jenes schon leicht zerknüllte Blatt, aus welchem Timo Schuster einen kleinen Artikel herausgerissen hatte.

„Der ‚Fall Lisa'! Appell an den Mörder. An etwaige Mitwisser. An mögliche Zeugen. „Brechen SIE ihr Schweigen," begann der Inspektor die fettgedruckte Schlagzeile zu lesen. „Geben SIE sich einen Ruck. Packen SIE aus! Emotionaler Polizei-Vorstoß im Cold Case-Fall von Sankt Magdalena. Helfen SIE mit, dass, Lisa und ihre Familie endlich Frieden finden können. Gewissenserleichterung anstatt quälender Gedanken. Lieber spät als nie. Wohl auch die einzige Chance, über ein Geständnis oder eine Aussage, dass dreißig Jahre alte, ungeklärte Kapitalverbrechen an der jungen Mutter zu lösen, so der Chef-Ermittler des Bundeskriminalamtes."

Der Inspektor las aufmerksam den Artikel des

dreißig Jahre alten Mordfalls in Sankt Magdalena. Damals war die Leiche einer jungen Frau durch einen Bauern gefunden worden, der gerade mit seinem Motorroller zu einem seiner Felder fahren wollte. Tiere hatten sich schon an der, unter einer Plane versteckten Leiche zu schaffen gemacht. Die ersten Ermittlungen ergaben damals, dass der Mord schon lange bevor der Leichnam an der Fundstelle abgelegt worden war, geschehen sein musste. Einwirkungen auf den Hals legten die Vermutung nahe, dass die Frau möglicherweise durch Erdrosseln umgebracht wurde. So genau konnte es aber damals nicht gesagt werden, da der Verwesungsprozess schon massiv eingesetzt hatte. Daher ging man davon aus, dass der Mord nicht an der Fundstelle erfolgt war, sondern an einem anderen Ort und man vermutete, dass der Leichnam schlicht und ergreifend in der Nähe des Fundortes „zwischengelagert“ worden war.
Erst rund zwanzig Jahre nach dem Mord konnte zumindest die Identität der Ermordeten geklärt werden. Sie war Prostituierte und arbeitete als solche im Einzugsgebiet des Fundortes ihres

Leichnams. Nun, dreißig Jahre nach der Bluttat, bekamen die Ermittlungen neuen Aufschwung, nicht zuletzt durch einen brutalen Mordfall, bei welchem auch ein Freudenmädchen ermordet worden war, und von ihrem Mörder versucht wurde, nach der Tat ihren zerstückelten Leichnam in einen nahegelegenen See verschwinden zu lassen. Das Bundeskriminalamt erhoffte sich durch die Lösung dieses Falls auch Erkenntnisse im „Fall Lisa". Die Hoffnungen zerschlugen sich, allerdings nahmen die Ermittlungen im Mordfall von Sankt Magdalena neue Fahrt auf, der dreißig Jahre ungeklärt blieb.

Irgendwie hatte es der als Einzelkämpfer bekannte Inspektor bis jetzt geschickt verdrängt, dass auch die Kollegen des Bundeskriminalamtes in Sankt Magdalena, beziehungsweise zumindest über Sankt Magdalena gegenwärtig ermittelten und sogar fünftausend Euro für sachdienliche Hinweise versprachen.
Der Inspektor hielt es also für angebracht, sich mit den Kollegen des Bundeskriminalamtes zu treffen, noch dazu wo er das dumpfe Gefühl hatte, dass sein Fall

und der „Fall Lisa“ durchaus etwas miteinander zu tun haben könnten, nur wusste er beim besten Willen noch nicht was. Ebenso wollte der Inspektor nochmals Timo Schuster einen Besuch abstatten und nicht zuletzt wegen des herausgerissenen Artikels. In diesem Zusammenhang wollte er auch die Drehers bitten, die Mappen über die Geschichte von Sankt Magdalena, welche sich im Zimmer ihres ermordeten Sohns befanden, nochmals genauer unter die Lupe nehmen zu dürfen, schließlich hatte ihm Frau Dreher bei seinem ersten Besuch gesagt, dass Christoph alles gesammelt hätte, was mit Sankt Magdalena zu tun gehabt hätte. „Jedes Schnipsel, jeden Ausdruck und jeden Artikel aus dem Internet,“ sagte der Inspektor halblaut zu sich selbst und klopfte mit dem Finger auf den herausgerissenen Artikel über den wohl berühmtesten Fall aus Sankt Magdalena, nämlich den „Fall Lisa“.

Er hatte als er das erste Mal bei Drehers war, sämtliche Mappen ja nur überflogen und sich lediglich mit jener über die Passionsspiele genauer auseinandergesetzt, er konnte sich aber nicht erinnern, dass er selbst beim schnellen Überfliegen auch nur einen einzigen Artikel oder eine noch so kleine Meldung über den „Fall Lisa“ gesehen hätte. Nun konnte er sich auch wieder genau an diesen Fall erinnern, der damals im ganzen Bundesgebiet und auch im Fernsehen europaweit in den Medien präsent war und war sehr verwundert, dass dieser spektakuläre Fall in den Mappen über Sankt Magdalena überhaupt nicht vorkam.

Der Inspektor ging in die kleine Kaffeeküche, welche neben seinem Büro lag. Der fensterlose Raum war winzig. Rechts war eine selbst montierte Küchenzeile aus den Achtzigerjahren des letzten Jahrhunderts, bei welcher einige Türen der Küchenkästen verzogen an den Pressspanplatten der Kästen hingen. Auf einer der Türen klebten unzählige Aufkleber von Bananen und Orangen, ein Geschirrtuch, welches eine Wäsche dringend nötig gehabt hätte, lag auf der Arbeitsfläche. Der Inspektor nahm eine Kaffeekapsel und drückte sie in die Kaffeemaschine. Obwohl es mehrere Einstellungsmöglichkeiten gab, welche das Aufbrühen von einem leichten, mittleren oder starken Kaffee ermöglichte, wählte der Inspektor stets die mittlere Taste. Er stellte eine große Tasse unter die Maschine, welche er beim letzten Christkindlmarkt in der Bundeshauptstadt mitgenommen hatte, weil er vergessen hatte sie rechtzeitig gegen Pfand zurückzugeben. Nun verwendete er sie ständig für den vormittäglichen Kaffee im Büro, wovon der starke Kaffeebelag im Inneren der Tasse zeugte, welcher sich trotz intensiver Reinigung kaum mehr ganz entfernen ließ.

Die Kaffeemaschine machte ein lautes Geräusch und der Kaffee lief mit mäßigem Druck in die Tasse. Dennoch wollte der Inspektor eine solche Maschine auch für seinen Schrebergarten kaufen, da er sich nicht länger mit dem Löskaffee abgeben wollte, welchen er sich dort mühsam zubereiten musste. Als die letzten Tropfen des Kaffees durch die Maschine geflossen waren, nahm er die Kapseln heraus und entsorgte sie. Danach dreht er die Kaffeemaschine ab, nahm die Tasse und ging die paar Schritte zurück zu seinem Schreibtisch.

Er blickte auf die drei gelben quadratischen Postitzettel, auf welchen er sich die drei Besuche des nächsten Tages notiert hatte, nämlich jenen zu den Kollegen des Bundeskriminalamtes, zu Timo Schuster und nicht zuletzt auch nochmals zu den Drehers.
Während er seinen Kaffee schlürfte, überlegter er in welcher Reihenfolge er die Besuche absolvieren wollte. In einer Hand die Tasse haltend und mit der anderen über die Bartstoppeln in seinem Gesicht fahrend, blickte er auf die Notizzettel. Dann legte er endgültig die Reihenfolge fest.

XXIII

Den nächsten Vormittag nahm sich der Inspektor frei. Bei dem Krimi, den man ihm geschenkt hatte, war er noch keine einzige Seite weitergekommen, dies wollte er nun ändern. Da das Wetter nicht besonders schön war, beschloss er nicht in den Schrebergarten zu fahren, sondern zuhause zu bleiben und es sich in der unaufgeräumten Wohnung, so gut es ging, gemütlich zu machen. Er setzte sich, nachdem er einige Pullover, die dort

lagen auf die Seite geräumt hatte, auf die Couch in seinem Wohnzimmer und nahm das Buch zur Hand.
Die ersten Seiten langweilten ihn furchtbar und er dachte sich im Stillen, ob Krimiautoren nie etwas Originelles einfallen würde. Zeile für Zeile quält er sich durch den Krimi. Dabei störte ihn beim Lesen das Tropfen des Wasserhahns aus seiner Küche, die direkt neben dem Wohnzimmer lag, so sehr, dass er beschloss die Lektüre zu unterbrechen, um zunächst das Problem des Wasserhahnes in der Küche zu lösen.

An der Küchenarmatur hatten sich schon beachtliche Kalkränder gebildet und als der Inspektor versuchte den Wasserhahn abzudrehen, musste er feststellen, dass das Rinnen immer stärker wurde, statt schwächer. Ein lautes krachendes Geräusch und das Herausfallen kleiner Plastiksplitter verrieten nun zudem, dass die Armatur gerade durch das massive Drehen innen scheinbar gebrochen war. Aus dem Tropfen wurde schließlich ein starkes Rinnen, sodass sich der Inspektor genötigt sah den Hauptwasserhahn, der sich unterhalb der

Küchenabwasch befand, abzudrehen.

Er bückte sich, öffnete die Türe des Kästchens und begann zunächst einmal sämtliche Putzutensilien auszuräumen, welche ihn ohnehin schon halb entgegenfielen. Dann kniet er sich auf den Boden und steckte seinen Kopf in das Kästchen hinein, um seinen Arm zum Hauptwasserhahn vorschieben zu können und diesen abzudrehen. Schließlich stand er schweißgebadet auf und stellte zu seiner Zufriedenheit fest, dass das Wasser nun nicht mehr rann.

Der Installateur benötigte rund zwei Stunden, bis er endlich beim Inspektor ankam. „Den Wasserhahn können sie vergessen, der hat längst ausgekräht," versuchte der Installateur krampfhaft komisch zu sein. „Jaja, ausgekräht," versuchte der Inspektor sich aufgrund des müden Scherzes ein gekünsteltes Lachen abzuringen. „Darf ich fragen, wie alt der ist?", wurde der Handwerker plötzlich fachlich seriös. „Naja, sicher schon dreißig Jahre," gab der Inspektor nun auch betont ernst zur Antwort. „Da haben sie noch nie Probleme gehabt?", fragte der

Installateur verwundert und sah skeptisch prüfend auf die Armatur. Der Inspektor schüttelte fast entschuldigend den Kopf und hob gleichzeitig fragend seine Schultern, was man jetzt tun könne. „Also," stellte der Installateur fest und blickte den Inspektor an, wie ein Arzt, der eine Hiobsbotschaft überbringen musste, „da brauchen wir einen neuen Wasserhahn." Zur Bestätigung des Gesagten schüttelte er nochmals den Kopf. „Aber sie haben Glück, ich habe zufällig zwei Modelle mit," hellte sich plötzlich seine Stimmung auf.

Nachdem der Inspektor beide Wasserhähne betrachtet hatte, entschied er sich schließlich aus finanztechnischen Gründen für das günstigere Modell, welches ihm noch reichlich überteuert vorkam. Doch was sollte er tun, er konnte doch nicht jedes Mal den Hauptwasserhahn auf- und abdrehen, wenn es sein Geschirr abwaschen wollte und der Geschirrspüler war längst nicht mehr in Betrieb, sondern war zu einem zusätzlichen Kästchen verkommen, wo der Inspektor Geschirr, Besteck und leere Gurkengläser aufhob.

Innerhalb kurzer Zeit war das Projekt des

neuen Wasserhahns abgeschlossen und der Installateur präsentierte dem Inspektor voller Stolz seine Arbeit. Dann nahm er einen großen Rechnungsblock heraus und begann die Fahrzeiten, die Armatur und nicht zuletzt die Arbeitszeit, sowie etliche Kleinteile aufzulisten.

„Wenn sie einen Erlagschein für mich hätten," fragte der Inspektor schließlich bittend, nachdem er einen Blick auf die Rechnung geworfen hatte, „ich habe im Moment nicht so viel Bargeld bei mir." Der Installateur rümpfte die Nase und warf dem Inspektor die Rechnung und einen Erlagschein hin. Sich um sein Trinkgeld geprellt fühlend, verließ er die Wohnung und schlug, ohne zu grüßen, hinter sich die Türe zu.

Der Inspektor schaute ungläubig auf die Rechnung dachte bei sich, dass es verwunderlich sei, dass es nicht mehr Morde an Installateuren gäbe.
Ein Blick auf die Uhr zeigte dem Inspektor nun, dass er über die ihn langweilenden Seiten des Krimis, welchen er eigentlich lesen wollte, nicht hinausgekommen war und nun

auch keine Gelegenheit mehr hatte ihn weiterzulesen, da er seine dienstlichen Termine abarbeiten musste. Er holte sich aus der Garderobe, welche er selbst vor zwei Jahren ausgemalt hatte, sein Sakko, ging noch einmal in die Küche, um sich aus einer kleinen Dose eine Handvoll Ingwerzuckerl zu nehmen und in die Hosentasche zu stecken. Dann überprüfte er noch einmal, ob er seinen Führerschein, den Dienstausweis und seine Wohnungsschlüssel eingesteckt hatte, nahm sich schließlich sein Handy und seinen Autoschlüssel und verließ die Wohnung.

Mit den Kollegen des Bundeskriminalamtes hatte er sich ausgemacht, dass er sich mit ihnen in dem kleinen asiatischen Restaurant direkt in Sankt Magdalena treffen würde, da sie am selben Tag auch wieder zufällig in der Ortschaft waren, um zu ermitteln.

XXIV

Als der Inspektor das Lokal betrat, wurde ihm schon freundlich aus der Küche zugewunken. Es war nicht sonderlich schwer die Kollegen des Bundeskriminalamtes zu erkennen, nicht weil sie sich besonders verhielten oder gar etwas besonders anhatten, es war insofern leicht, da außer ihnen noch niemand im Lokal war. Für Sankt Magdalena war es einfach zu früh für das Mittagessen.

Der Inspektor zupfte sein Sakko zurecht und ging auf seinen Kollegen zu. Kaum hatte man einige allgemeine Begrüßungsfloskeln gewechselt, wurde auch schon die Speisekarte gebracht. „In diesem Lokal ist Vorsicht geboten," sagte der Inspektor mit einem Augenzwinkern, als ihm die Speisekarte in die Hand gedrückt wurde. „Mafia?", fragte der Kollege des Bundeskriminalamtes leise. „Nein, viel zu große Portionen," lachte der Inspektor. Er drehte sich in die Richtung der Kellnerin, die in die Küche hinter der Bar verschwand. „Habe ich nicht recht?", rief er. Als Antwort war nur ein lautes Kichern zu vernehmen.

Die Kellnerin brachte dem Inspektor, ohne dass er ihn bestellt hätte, einen Litschisaft, nahm einen gelben Kartonbieruntersetzer, der die Werbung einer berühmten Brauerei trug und stellte das Glas darauf ab. „Wie immer, oder?“, fragte sie. „Wie immer,“ nickte der Inspektor, „und dann bekomme ich bitte nur einmal die Lachsmaki.“ „Gerne, Herr Inspektor,“ sagte die Kellnerin. „Übrigens ‚Maki‘. Wie schaut es eigentlich mit unserem Fall aus? Gibt es schon eine heiße Spur? Einen Täter?“ Die Kollegen vom Bundeskriminalamt hoben den Kopf und blickten von der Speisiekarte auf. „Ich bin noch beim Ermitteln,“ stotterte der Inspektor und man merkte, dass ihm die Situation jetzt recht unangenehm war. Kurze Zeit war es still.

„Für mich die ‚Acht Schätze‘ bitte,“ sagte schließlich einer der Beamten aus der Bundeshauptstadt. „Und für mich einmal ‚Ente süßsauer‘, wenn sie so nett wären,“ fügte der zweite Beamte schnell hinzu. Als die Kellnerin gegangen war, trat abermals eine kurze Stille ein.
„Unserem Fall? Darf ich fragen, was das zu bedeuten hat, Herr Kollege?“, fragte schließlich einer der Ermittler aus dem Bundeskriminalamt. „Nichts. Nichts, was mit Mord oder Totschlag zu tun hätte, Herr

Kollege, aber doch etwas, was von enormer Bedeutung ist. Es geht hier in diesem Fall um ein verschwundenes Sushischiffchen." Dabei zeigte der Inspektor auf einen in einem Bilderrahmen aufgehängten Zeitungsausschnitt. „Wo ist unser hölzernes Sushischiff? Sushischiffchen in Sankt Magdalena verschwunden." Der Inspektor zwinkerte und die Kollegen vom Bundeskriminalamt grinsten breit.

Das Mittagessen dauert länger als geplant, da die Beamten des Bundeskriminalamtes die Größe der Portionen unterschätzt hatten. Während des Essens tauschten sie ihre bisherigen Ermittlungsergebnis aus dem „Fall Lisa" mit dem Inspektor aus und auch er wies sie in seinen Fall ein. Sie waren froh, dass noch niemand ins Lokal gekommen war und sie dadurch nochmal und ungestört miteinander reden konnten. Sie verstummten immer nur, wenn die Kellnerin vorbeikam, um nach dem Rechten zu sehen.

Interessant schien dem Inspektor, dass man in den letzten Ermittlungen im „Fall Lisa" nun nicht mehr unbedingt von einem Einzeltäter ausging, sondern davon, dass es sich durchaus um eine Tätergruppe von zwei bis drei Tätern handeln könnte. Kolleginnen der Ermordeten hatten sich gemeldet und erinnert, dass Lisa immer mehrere Freier gleichzeitig hatte. Die Kollegen des Bundeskriminalamtes vermuteten auch, dass die Täter immer wieder zum Tatort zurückkehren würden, oder gar hier wohnen könnten. Auf jeden Fall müssten die Täter hier eine Möglichkeit gehabt haben die Leiche einige Monate zu verstecken und ein großes Auto besessen haben, mit welchem sie später den Leichnam transportierten.

Auch der Inspektor erzählte von seinen bisherigen Ermittlungsergebnissen über den Mord im Steinbruch und schämte sich fast ein wenig, dass er noch nicht wirklich Ergebnisse präsentieren konnte.
„Darf ich noch etwas bringen?“, unterbrach die Kellnerin lächelnd. „Nur noch die Rechnung bitte,“ sagte der Inspektor, „bitte alles zusammenschreiben, das übernehme ich.“ „Pflaumenwein oder Glückskeks?“ „Wir sind leider im Dienst, wir alle drei,“ sagte der Inspektor und biss sich sogleich auf die

Zunge. „Ah, die Herren sind auch von der Kriminalpolizei?“, fragte die Kellnerin begeistert. Man merkte, wie die Blicke der beiden Beamten den Inspektor trafen. „Glückskekse,“ sagten einer der beiden Beamten trocken und blickte dabei böse zum Inspektor, „wir möchten Glückskekse.“ Mit einem geheimnisvollen Lächeln verschwand die Kellnerin, um nach einigen Augenblicken mit der Rechnung, die sofort vom Inspektor, der einen hochroten Kopf bekommen hatte, beglichen wurde und mit drei Glückskeksen zurückzukehren.
Kompliziert riss der Inspektor die Verpackung seines Glückskekses auf. Das Keks zerbrach in unzählige Teile, die der Inspektor zusammensammelte und in seinen Mund steckte. Dann nahm er den Zettel, der im Keks gesteckt war und faltete ihn auseinander. „Auf dieser Welt hängt alles miteinander zusammen,“ las der Inspektor.

XXV

Als der Inspektor später bei der kleinen Reihenhaussiedlung am Rande von Sankt

Magdalena angekommen war, war er sichtlich erschöpft. Auch die sogenannte „kleine Portion“ Maki zu Mittag war ihm zu viel gewesen.

Er hatte sich sein Sakko ausgezogen und trug es nun zusammengelegt über dem Arm. Mit dem Auto war ihm der Weg nicht so weit vorgekommen, jetzt erst merkte er wie groß Sankt Magdalena eigentlich war.

Der Inspektor öffnete wieder die unversperrte Gartentüre und trat in den, mit den Gartenzwergen bewohnten, Vorgarten ein. Zum ersten Mal fiel ihm ein Gartenzwerg auf, der mit einem Messer im Rücken unter einem Strauch lag. Der Kopf des Zwerges war zur Seite gedreht und die Zunge schaute aus dem Mund. „Geschmacklos,“ murmelte der Inspektor, „zumindest in diesem Garten.“

Hinter einem Sandsteinbogen, welcher auf der rechten Seite des Hauses aufgemauert und an welchem ein schmiedeeisernes Gestell angeschraubt war, auf dem eine Schlingpflanze in die Höhe wuchs, konnte er sehen, dass sich Frau Dreher gerade im hinteren Bereich des Gartens aufhielt, um in einem schon leicht verwitterten Hochbeet kleine Salatsetzlinge zu pflanzen.

Der Inspektor räusperte sich. „Grüß Gott, Frau Dreher“ sagte er, „entschuldigen sie bitte, dass ich noch einmal vorbeikomme, aber darf ich mir bitte noch einmal die Mappen in Christophs Zimmer ansehen?“ Frau Dreher blickte auf, grüßte flüchtig und nickte. „Bitte kommen sie mit, Herr Inspektor,“ sagte sie leise. Sie öffnete die Haustüre, zog ihre grünen Gummigartenschuhe aus und legte die Arbeitshandschuhe ab. Sie ging mit dem Inspektor zur engen Treppe, die hinauf zu Christophs Zimmer führte und machte eine einladende Handbewegung. „Sie kennen ja den Weg,“ sagte sie, „bitte seien sie mir nicht böse, dass ich nicht mitkomme. Ich schaffe es einfach noch nicht.“ Sie nahm sich ein schon sehr zerknülltes Taschentuch aus der Hosentasche ihrer Jeans und wischte sich die Tränen aus den Augen, welche sich dort in den letzten Augenblicken gesammelt hatten. Der Inspektor nickte. „Selbstverständlich. Das kann ich verstehen, Frau Dreher,“ sagte er verständnisvoll. Dann stieg er die Treppe empor und öffnete die Türe zu Christoph Drehers Zimmer.

Seit dem letzten Mal hatte sich nichts verändert. Sogar die Hosen, Pullover und Socken lagen noch dort, wo sie das letzte Mal gelegen hatten. Nur die Mappe mit den Ausschnitten und Artikeln über die Passionsspiele, die sich der Inspektor ausgeborgt und beim letzten Besuch zurückgebracht hatte, hatte Frau Dreher sichtlich wieder ins Regal zurückgestellt.

Der Inspektor nahm erneut die Mappen über Sankt Magdalena zur Hand, in welchen Christoph Dreher alles über das Dorf gesammelt hatte, was ihm sammelnswert erschien.

Er nahm alle Mappen aus dem Regal und legte sie der Reihe nach auf den Schreibtisch. Dann öffnete er Mappe für Mappe und begann nochmals darin zu blättern. In den Mappen waren Informationen über geschichtliche, politische und gesellschaftliche oder aber wirtschaftliche Ereignisse von Sankt Magdalena aufgelistet. Peinlich genau waren Artikel aus den Zeitungen ausgeschnitten und in

Klarsichthüllen gegeben worden, kleinere Artikel hatte Dreher auf Papier aufgeklebt und so in den Mappen abgelegt.
Zu seiner Verwunderung konnte der Inspektor in keiner der Mappen etwas über den „Fall Lisa“, der allerdings in den letzten dreißig Jahren immer wieder in unregelmäßigen Abständen die Zeitungen des Landes füllte, finden. Kein einziger Artikel zu diesem spektakulären Mordfall war gesammelt worden.

Diese Tatsache machte den Inspektor skeptisch, erlangte doch durch diesen seit dreißig Jahren nicht aufgeklärten Mord Sankt Magdalena weit mehr Berühmtheit im europäischen Raum als durch die Passionsspiele oder die Opernaufführungen im Steinbruch. Zwar traurige Berühmtheit, aber immerhin.
Wäre eine Chronik über Sankt Magdalena komplett, wenn einer der spektakulärsten Kriminalfälle der Geschichte des Landes, der noch dazu direkt mit Sankt Magdalena zu tun hatte, nicht vorkommen würde? Der Inspektor runzelte die Stirn und spitze die Lippen. Schließlich blätterte er auch noch einmal die

anderen Mappen durch, konnte aber auch hier nicht den kleinsten Hinweis auf diesen spektakulären Mordfall finden.
Einige Zeit lang blickte der Inspektor ungläubig auf die Mappen, die sich nun vor ihm auf Christoph Drehers Schreibtisch stapelten. Er verschränkte seine Arme und zog wie so oft, wenn er nachdachte eine Augenbraue hoch. Dann griff er in seine Hosentasche, um ein Ingwerzuckerl herauszunehmen. Er wickelte es aus, steckte es in den Mund und lies es so lange hin und her gleiten, bis sich der Ingwergeschmack in der ganzen Mundhöhle verbreitet hatte. Er atmete nochmals einmal kurz und hörbar aus und begann schließlich die Mappen wieder in das Regal zurückzustellen, als ein Blatt Papier, welches er zunächst scheinbar übersehen hatte, aus einer der Mappen fiel.

Fast wie in Zeitlupe segelte es langsam vor die Füße des Inspektors. Dieser legte die Mappen, die er gerade in den Händen hatte, wieder auf den Schreibtisch zurück, bückte sich und hob das Blatt auf. „Übersichtsblatt Chronik Sankt Magdalena," las er laut.
Unter der Überschrift waren die Titel

sämtliche Mappen verzeichnet, die Christoph angelegt hatte, angefangen von der Geschichte von Sankt Magdalena bis hin zu den Passionsspielen und berühmten Persönlichkeiten, die jemals hier gewohnt oder gewirkt hatten. Insgesamt waren es zwölf Mappen. Beim Titel der letzten Mappe blieb der Inspektor mit seinen Blicken hängen. „Rätsel rund um Sankt Magdalena." Der Inspektor fuhr mit seiner Zungenspitze über seine Oberlippen. Dann biss er die Lippen zusammen und hob abermals seine Augenbrauen. Diese Mappe konnte er weder im Regal noch am Schreibtisch finden. Es waren nur elf Mappen da.

„Entschuldigen sie, Frau Dreher," sagte der Inspektor, als er schließlich Christophs Zimmer verlassen und die enge steile Treppe wieder hinunter in den Vorraum des Hauses gestiegen war, „darf ich sie fragen, ob Christoph vielleicht noch irgendwo anders Mappen über die Geschichte über Sankt Magdalena aufbewahrt hat als in seinem Zimmer?" „Ich glaube nicht," antwortete Frau Dreher, welche die ganze Zeit am Absatz der Treppe auf ihn gewartet hatte, „warum fragen sie?“ „Nun ja, weil eine Mappe fehlt und...,“ der Inspektor machte eine Pause, „...und vielleicht ist in dieser Mappe das fehlende Puzzlestück der Ermittlungen.“

Frau Dreher dachte nach.

„Timo. Timo Schuster war öfter hier und hat mit Christoph Zeitungsauschnitte und so weiter in die Mappen einsortiert. Manchmal sind sie stundenlang gesessen und haben überlegt in welche Mappe der eine oder andere Artikel kommen soll, schließlich hat Timo an dem Projekt mitgearbeitet. Er war zwar nicht so davon besessen wie Christoph, dennoch hat er, wenn es einmal länger gedauert hat, auch immer wieder Mappen und Zetteln mit nach Hause genommen, um dort weiterzuarbeiten.“

„Verstehe,“ sagte der Inspektor und diesmal verstand er wirklich die Zusammenhänge, zumindest glaubte er sie zu verstehen.

XXVI

Die Polizeischüler waren gerade in einer Trainingseinheit. Das Sichern und Durchsuchen eines Raumes stand am

Programm der Lehreinheit, als der Inspektor in der Polizeikaserne ankam. Er hatte versucht möglichst diplomatisch vorzugehen, um Schuster nicht als Verdächtigen in einem Mordfall dastehen zu lassen, aber offensichtlich wusste Timo Schuster mehr als er dem Inspektor bis jetzt gesagt hatte.

Als der Inspektor mit dem Ausbildungsleiter den Raum betrat, gingen gerade einige Kollegen durch den Raum, wie sie es gelernt hatten. Die blauen Übungswaffen im Anschlag, Schritt für Schritt. Unweigerlich musste der Inspektor an seine eigene Ausbildung denken, die nun doch schon einige Jahrzehnte zurücklag. Es war damals eine schöne und durchaus fordernde, aber auch lustige Zeit gewesen. Er erinnerte sich, dass ihnen eingetrichtert worden war bei einer Durchsuchung und Sicherung eines Raumes stets entlang der Wand zu gehen, nie auszuschwenken, sollten sie nicht weitersehen. Erst wenn sie sich sicher waren, dass niemand im Raum war, konnten sie sich relativ frei, wenngleich auch geschützt zur nächsten Türe vorarbeiten.

„Herr Inspektor," sagte der Ausbildungsleiter, „wir würden jetzt noch einen Durchgang des Szenariums machen, dann wäre ohnehin eine Pause, wo sie mit Kollegen Schuster reden könnten, falls das bei ihnen möglich ist."
„Jaja," antwortete der Inspektor schnell, „dann stelle ich mich am besten dort drüben hin, oder?" Schnurstracks startete er quer durch den, dem Übungszweck entsprechend nur mäßig erhellten Raum. „Äh, Herr Inspektor, wenn sie bitte hierherkommen würden," bat der Übungsleiter auf die gegenüberliegende Seite des Raumes, „dort drüben würden sie genau im Übungsgeschehen sein, nicht dass sie dann eventuell zu Boden geworfen werden und Handschellen angelegt bekommen." Der Übungsleiter musste selbst über seinen Gedankengang lachen und der Inspektor lachte mehr aus Höflichkeit, als aus echter Erheiterung mit.

Der Übungsdurchgang begann und der Inspektor erblickte nicht nur Timo Schuster unter den übenden Kollegen, sondern auch Anna-Maria Larisch. Sie winkte dem Inspektor kurz zu. Als er sie das letzte Mal gesehen hatte, probte sie für die Rolle der Maria

Magdalena bei den Passionsspielen in Sankt Magdalena. Der Inspektor winkte zurück. „Judas und Maria Magdalena bei der Polizei," kicherte er vor sich hin und dachte, dass es auch nicht alltäglich gewesen wäre, hätte Simon Rauchnig in der Mordnacht keine Nachtschicht im Technologiezentrum gehabt, sondern er ein Rendezvous mit Maria Magdalena als Alibi für die fragliche Tatzeit angegeben hätte. Die Augen seiner Kollegen beim Durchlesen der Protokolle hätte er nur allzu gerne gesehen. „Nun sind halt nicht Jesus und Maria Magdalena stets zusammen, sondern Judas und sie," kicherte er abermals. „Bitte, haben sie etwas gesagt, Herr Inspektor?", fragte der Ausbildungsleiter. „Nein, ich habe nur laut gedacht, entschuldigen sie bitte," antwortete der Inspektor schnell. „Kein Problem," war die prompte Antwort. „Nun, wir beginnen mit dem Durchlauf."

Das ohnehin schon dämmrige Licht wurde noch mehr abgedunkelt, eine Gruppe von Polizeischülern ging nun mit den gezückten Übungswaffe durch den Raum. Der Inspektor freute sich, als er sah, dass sich nichts Wesentliches in der Ausbildung geändert hatte. Wie im Lehrbuch gingen alle entlang der Wand und behielten so gut es ging den ganzen Raum im Blick. Als letzter der Gruppe ging Timo Schuster, der allerdings bald ausscherte und den Raum diagonale durchquerte. „Stopp," unterbrach der Übungsleiter den Durchgang. „Herr Kollege Schuster? Darf ich fragen, was das soll?" „Wenn es heißt, dass wir den Raum durchsuchen sollen, ich aber sehe, dass niemand da ist und auch nicht da sein kann, wenn es nur zwei Türen gibt, die, durch die wir selbst hereingekommen sind und die, wo wir hinaus gehen sollen, was soll ich dann noch entlang der Wand gehen?", sagte Schuster voller Ärger. „Weil, weil es nicht so im Lehrbuch steht, wie sie es machen," fuhr ihn der Ausbildungsleiter an, „wir machen jetzt eine Pause!"

Das Licht wurde wieder etwas mehr aufgedreht. Einige der Polizeischüler nahmen sich eine Zigarettenpackung aus der Tasche der Uniform und gingen plaudernd aus dem Raum, andere setzten sich auf die wenigen vorhandenen Sitzgelegenheiten, die im Raum herumstanden und schauten auf ihr Handy.

Anna-Maria Larisch setzte sich am Rand des Raumes auf den Boden. Sie hatte sich einen Apfel aus ihrem Rucksack geholt, in den sie jetzt genussvoll biss. „Die Frucht der Verführung," lachte sie und hielt dem Inspektor den Apfel entgegen. „Passend für Maria Magdalena?", fragte der Inspektor augenzwinkernd und musste ebenso lachen. „Wer weiß," sagte die junge Polizeischülerin, „Fröhlich baut da zumindest einige eindeutig zweideutige Elemente zwischen Jesus und Maria Magdalena ein, wird spannend und lustig." „Das glaube ich," nickte der Inspektor, „es scheint jetzt doch trotz allem, was passiert ist, gut weiterzugehen, oder?" „Ja, Gott sei Dank und wir freuen uns schon alle auf die Premiere," sagte Larisch und ihre Augen funkelten. „Der Herr Pfarrer sagt immer, dass alles großartig läuft und das Stück toll wird, solange Fröhlich nicht die Nerven schmeißt. Natürlich sagt er ihm das nicht direkt ins Gesicht, aber Fröhlich hat es dennoch erfahren, da kann man sich vorstellen, wie dick da manchmal die Luft ist," fügte sie hinzu. „Natürlich," sagte der Inspektor und nickte. Unweigerlich musste er an das seltsame Konstrukt in der Leitung der

Passionsspiele von Sankt Magdalena mit einem Vorstand, vor allem aber mit einem Spielleiter und einem Regisseur denken. Wegen dieser merkwürdigen Duplierung hatte der Inspektor schließlich auch seinen Duden bemüht und darum war er auch nicht wirklich verwundert, dass der Haussegen bei den Passionsspielen mitunter manchmal schief hing. „So gerne ich mit ihnen jetzt plaudern würde, Frau Kollegin," sagte er, „ich bin eigentlich wegen Timo Schuster gekommen. Haben sie gesehen, wo er jetzt hingegangen ist?" „Ich bin mir nicht sicher," sagte Larisch und biss nochmals kraftvoll in den Apfel, „normalerweise ist Timo immer bei den Klimmzugstangen."

Als der Inspektor in den kleinen Innenhof hinausging stand dort eine kleine Gruppe von Polizeischülern, die eifrig rauchten. Ihr Gespräch verstummte erst als der Inspektor an ihnen vorbei ging. Sein Grüßen wurde erwidert, doch das Gespräch wollte nicht mehr richtig in Schwung kommen, vielmehr beobachte man nun den Inspektor, der im hinteren Teil des Hofes die Klimmzugstangen entdeckte und dort, so wie es Anna-Maria

Larisch vermutet hatte, auch Timo Schuster. Dieser versuchte die Pause für ein kleines Training zu nützen und machte einen Klimmzug nach dem anderen, was dem Inspektor auch die Oberarmmuskeln erklärte die Schuster im Steinbruch stets zur Schau stellte. „Entschuldigen sie, Herr Kollege," begann der Inspektor das Gespräch als ihn Schuster entdeckte, „haben sie kurz Zeit für mich? Ich glaube sie sind mir noch eine Erklärung schuldig."

Sie gingen ein Stück weit weg, so dass die anderen ihr Gespräch nicht hören konnte. Dennoch waren die Augen aller Anwesenden auf sie gerichtet.

„Also, Herr Kollege," begann der Inspektor das Gespräch und man merkte, dass es ihm, trotz aller Berufserfahrung nicht leicht fiel, da er Schuster zwar für unschuldig, aber naiv hielt, „sie haben versucht auf eigene Faust zu ermitteln, oder?" Schuster nickte und blickte mit einem Schlag zu Boden.

Dann schwiegen beide. „Ich habe mir gedacht," begann Schuster schließlich leise, „ich habe mir gedacht, dass ich es kann." Er fuhr sich durch seine schwarzen Haare. „Die

Mappe, Herr Kollege. Was ist in der Mappe?“
„Die Mappe? In der Mappe sind alle mysteriösen Fälle aus Sankt Magdalena,“ stellte Schuster trocken fest. „Ich habe sie sogar hier im Spind. Wollen sie sie sehen?“
Der Inspektor nickte nur. Sie gingen, ohne die anderen zu beachten, aus dem kleinen Innenhof in das Gebäude.
„Herr Inspektor, warten sie hier im Aufenthaltsraum, ich komme gleich,“ sagte Schuster und öffnete die Türe zu einem kleinen Raum, in welchem einige Tische und Sessel standen. Auf einem Tisch stand ein Fernseher. Die dazugehörende Fernbedienung lag neben einem Kartenspiel auf einem Stapel alter Zeitschriften. An einer Dartscheibe an der Wand steckten einige Pfeile.
Der Inspektor setzte sich an einen der Tische und fühlte sich abermals ein wenig an seine eigene Ausbildungszeit zurückerinnert.

Schuster betrat den Raum. Unter einem Arm war eine jener Mappen eingeklemmt, wie sie der Inspektor aus Christoph Drehers Zimmer kannte. Es war zweifelsohne die fehlende Mappe, die im Verzeichnis vorkam und die sich mit den mysteriösen Fällen und offenen Fragen in der Geschichte von Sankt Magdalena auseinandersetzte.

In seinen Händen hielt Schuster ein Glas mit Wasser und eine Frucadeflasche.
„Bitte, Herr Inspektor," sagte er und stellte die Falsche auf den Tisch. „Woher wissen sie, dass ich Frucade trinke," sagte der Inspektor.
„Weil wir keinen Litschisaft haben," lachte Schuster und schob dem Inspektor die Mappe hin, die er zuvor auf den Tisch gelegt hatte. „Ich möchte ja auch einmal zur Kripo, da kann es nicht schaden, wenn man genau beobachtet, oder?"
Der Inspektor blickte Schuster kurz an und lächelte. Dann nahm er die Mappe und schlug sie auf. Sie war wesentlich weniger voll als die anderen Mappen, die sich beispielsweise mit der Geschichte von Sankt Magdalena oder mit den Passionsspielen beschäftigten. Die ersten paar Seiten waren Artikel über gestohlene Autos oder kleinere Ladendiebstähle, die es zufällig in die Zeitung geschafft hatten. Dazu ein Artikel über einen antiken Opferstein, der in den Fünfzigerjahren nahe der Grenze zu Ungarn gefunden worden

war. In einem Boulevardblatt wurde damals gemutmaßt, dass dort Menschenopfer stattgefunden haben mussten. Eine geschichtliche Überprüfung dieser wagemutigen These gab es freilich nicht.

Etwas ausführlicher wurde hingegen schon der Fall eines Friedhofs dokumentiert, der erst letztes Jahr rund dreihundert Meter von der Pfarrkirche entfernt bei Bauarbeiten für ein Einfamilienhaus gefunden worden war.

Die Aushubarbeiten für ein neues Eigenheim der jungen Familie, welche hier bauen wollte, mussten sofort eingestellt werden und sowohl die Polizei als auch das Bundesdenkmalamt wurden herbeigerufen. Schließlich waren auch noch die Archäologen vor Ort und konnten unzählige weitere Gräber freilegen. Diese Geschichte sorgte in ganz Österreich für Aufsehen. Es wurden die unterschiedlichsten Thesen aufgestellt, dass es sich um eine Pestgrube oder aber um ein mittelalterliches Gräberfeld handeln könnte. Unweigerlich musste der Inspektor an „Hinterholz 8“ denken, einen der wenigen Filme, die er im Kino gesehen hatte und der ihn stets ein wenig an seinen eigenes Schrebergartenhaus erinnerte.

Der Inspektor wollte weiterblättern, als Schuster seine Hand auf die Seite legte und so ein Umblättern verhinderte. „Wissen sie, Herr Inspektor, dieses Gräberfeld war damals offenbar nicht das erste Gräberfeld, welches in Sankt Magdalena entdeckt wurde. Man nahm auch beim Fund des Friedhofs an, dass dieser größer gewesen sein musste und sich auch noch auf, oder besser gesagt unter andere Gärten erstrecken musste.“ Er machte eine kurze Pause, fuhr sich durch die Haare und kratzte sich schließlich am Ohr. „Knapp vor der letzten Opernproduktion, also rund zwei Monate bevor das Gräberfeld entdeckt wurde, sah ich in Sankt Magdalena jene Gärtnertruppe, welche Jahr für Jahr vom Frühling bis zum Herbst ihre Dienste in unserer Ortschaft anbot. Eigentlich kamen die drei Männer, welche sich hier zusammentaten aus der ehemaligen DDR, und waren anlässlich des Paneuopäischen Picknicks im Jahr 1989 durch das `Tor zur Freiheit` aus dem damaligen Osten geflohen. Seit damals arbeiteten sie im Sommer immer wieder hier und machten in den Gärten in und um Sankt Magdalena alles, was mit Pflanzen zu tun hatte. Sie schnitten die Sträucher, bepflanzten kleine Beete und so weiter. Sie erledigten aber auch kleinere Bauarbeiten. Um alle Baugeräte und Gartenwerkzeuge aufbewahren zu können, hatten sie ein altes Haus angemietet, in welchem sie auch wohnten.“

„Bitte nicht böse sein, aber ich sehe keinen Zusammenhang, Herr Kollege,“ sagte der Inspektor und hob eine Augenbraue hoch. „Es kommt gleich, Herr Inspektor,“ sagte Schuster. „Als ich eines Tages laufen ging, sah ich im Garten neben dem Fundort des mittelalterlichen Friedhofes, dass die drei besagten Männer dort arbeiteten. Sie sollten das Fundament für eine Sandsteinmauer ausschalen, soweit ich das mitbekommen hatte. Dabei stießen sie offensichtlich auch auf menschliche Überreste.“ Der Inspektor schaute auf. „Menschliche Überreste? Gebeine, oder?“, fragte der Inspektor nach. „Ja, vor allem Schädel. Vier um genau zu sein,“ antwortete Schuster. „Ich hörte nur eine fast hysterische Frauenstimme, die von einer

Katastrophe und dem drohenden Dorftratsch sprach, und dass man schauen müsse, wie man die Schädeln entsorgen könne. Ich hielt inne beobachtete so gut es ging das Geschehen. ‚Das werden wir schon machen,' hörte ich eine Männerstimme und wie wenn jemand einen Scherz machen würde, fügte der Mann hinzu ‚Es wäre nicht die erste Leiche die wir verschwinden lassen würden'."

Nun war der Inspektor gebannt von dem Bericht und er ahnte, dass sich hier ein Schlüssel zu seinem Fall anbahnen könnte.

„Zwei Tage später gingen die drei Männer in ihrer Arbeitskleidung zum Gelände der Opernfestspiele, wo sie auch Jahr für Jahr eingesetzt waren. Sie trugen zwei groß Plastikeinkaufstaschen, in welchen sich runde Gegenstände befanden," setzte Schuster seine Erinnerungen weiter fort. „Die Schädel?", fragte der Inspektor. Schuster nickte. „Die Schädel." „Verstehe und weiter?", fragte der Inspektor ungeduldig. „Unter seinem Arm hielt einer von ihnen noch eine Dose mit grauen Sprühlack." Schuster strich sich nochmals durch die Haare und schaute den Inspektor an. „Und?", sagte der Inspektor. „Und," wiederholte Schuster, „als ich mir die Generalprobe der Opernfestspiele anschauen durfte, wurde auf der Bühne mit fünf Totenköpfen gespielt, mit Requisitentotenköpfen. Als ich dann später noch einmal das Stück im Steinbruch sah, waren es plötzlich neun Köpfe. Verstehen sie, was ich meine?“ Der Inspektor blickte auf. „Ich hatte keinen Zweifel, dass jemand die vier echten Totenköpfe zu den Requisitentotenköpfen gelegt hatte. Sie wurden einfach lackiert und der Opernproduktion untergejubelt. Somit waren sie aus dem Garten verschwunden und es kam weder die Polizei, noch das Bundesdenkmalamt, noch die Archäologen.“ Schuster machte eine Pause und sah, wie der Inspektor ein Ingwerzuckerl auswickelte und in den Mund steckte. „Als heuer der Friedhof entdeckt und freigelegt wurde und somit von der Behörde ein sofortiger Baustopp verhängt wurde, war es mir klar, warum man letztes Jahr bedacht war, die Schädel anders und effizienter zu entsorgen, als sich von Archäologie den Garten zerstören zu lassen, nur weil man eine Sandsteinmauer errichten wollte. Nach der letzten Vorstellung der Opernproduktion wurden wieder, wie in all den Jahren zuvor die Requisiten für einen guten Zweck verkauft." „Und?", frage der Inspektor noch immer ungeduldig. „Auch Sascha Fröhlich postete ein wenig später in den sozialen Medien ein Bild, dass ihn in seinem übervollbeladenen Auto zeigte. Er hatte beim Requisitenflohmarkt scheinbar etliche Requisiten wie Kerzenleuchter, kleine Versatzstücke und die vier Totenschädel gekauft." Er machte eine kurze Pause. „Die echten Schädel. Davon war ich nach der Vergrößerung des Bildes überzeugt."

„Ja und? Weiter? Was hat das alles mit dem ‚Fall Lisa' zu tun und mit dem Mord an Christoph Dreher?", frage der Inspektor, der sich zuerst noch gefreut hatte, ein Stück weiter gekommen zu sein, nur aber wieder leicht der Verzweiflung nahe war. Krachend biss er auf das Ingwerzuckerl. So sehr hatte er gehofft, dass die Mappe, die vor ihm lag, eine baldige Lösung des Falls ermöglichen würde. Nun kannte er sich nicht mehr aus. Fragend schaute er Timo Schuster an.

„In der Welt des Theaters und der Oper würde man das Ouvertüren nennen, Herrn Inspektor," sagte Schuster in fast belehrendem Ton, „aber jetzt geht es Szene auf Szene. Schlag auf Schlag. Bis zum Finale."

Nun wurden die Augen des Inspektors wieder größer. „Na, dann bin ich mal gespannt," sagte er. „Also...," sagte Schuster, als er jäh durch seinen Ausbildungsleiter unterbrochen wurde. „Wir machen mit dem Szenarientraining weiter. Bitte wieder alle in den Trainingsraum." „Ich muss hinein, Herr Inspektor, aber ich erzähle ihnen später den Rest," sagte Schuster noch schnell. Der Inspektor nickte. „Bis später, Herr Kollege," antwortete dieser.

Während die Polizeischüler wieder im Trainingsraum übten, saß der Inspektor noch immer beim Tisch und blätterte weiter in der Mappe in welcher Dreher und Schuster alles Mögliche zu Kriminalfällen in und um Sankt Magdalena zusammengetragen hatten. Gleich hinter den Artikel und Berichten über Fall des mittelalterlichen Friedhofs, über welchen Schuster so ewig lang geredet hatte, befanden sich nun auch unzählige Zeitungsausschnitte über den „Fall Lisa", die jemals in einer Zeitung abgedruckt oder im

Laufe der Zeit im Internet veröffentlicht worden waren und die dem Inspektor lohnender erschienen, als das Geschehen um den Friedhof. Scheinbar hatten sich Dreher oder Schuster auch die Mühe gemacht sämtliche Moderationstexte der Fernsehserie „Aktenzeichen XY ungelöst“ aufzuschreiben, in welcher der Fall auf Ersuchen von Interpol wiederholt gebracht wurde.
Dennoch konnte der Inspektor noch immer keinen wirklichen Zusammenhang zwischen dem Friedhofsfund und dem „Fall Lisa“ erkennen. Das Einzige, was ihn nachdenklich stimmte war, dass die Kollegen des Bundeskriminalamtes bei ihren aktuellen Ermittlungen nun von einer Tätergruppe ausgingen und dass auch Schuster beim Fall der Requisitentotenschädel von einer Gruppe gesprochen hatte. Aber genügte das? Die Suppe schien ihm zu dünn zu sein und er war sich nun wieder gar nicht sicher, ob es überhaupt einen Zusammenhang gab. Immer wieder und immer wieder blätterte er die Mappe durch.

Nach dem Ende des Trainingseinheit gingen die Doppeltüren auf und unzählige

Polizeischülerinnen und Polizeischüler verließen den Trainingsraum, darunter auch Timo Schuster. „Entschuldigen sie, Herr Inspektor," sagte er gehetzt, „es hat bei uns jetzt doch etwas länger gedauert. Wenn sie es mir nicht übelnehmen, müsste ich jetzt in den Steinbruch zur Probe. Wenn sie Zeit hätten, könnten wir uns dort in der Pause weiter unterhalten. Sie wissen ja, wie Fröhlich reagiert, wenn man zu spät zur Probe kommt." Dabei rollte er mit den Augen hin und her. Der Inspektor lachte kurz gekünstelt auf. „Ja, ein merkwürdiger Zeitgenosse. Ich komme dann in den Steinbruch. Ich richte mich da ganz nach ihnen, Herr Schuster." „Dann sehen wir uns im Steinbruch," sagte Schuster, der sich längst umgedreht hatte und zur Türe gegangen war. „Bis dann," rief er noch in die Richtung des Inspektors, ohne sich umzudrehen.

XXVII

Als der Inspektor etwa eine Stunde später zum Steinbruch kam, bot sich dort das ihm schon bekannte Bild. Etliche Darstellerinnen

und Darsteller gingen in ihren Kostümen kreuz und quer vor und hinter der Bühne herum, anderen liefen in die Richtung der Garderobecontainer, in welchem die Kostüme aufbewahrt wurden, wieder andere saßen bei den wuchtigen Holztischen und plauderten, lasen in einem Buch oder wischten an ihren Handys herum. Beate und Frieda sammelten scheinbar willkürlich verstreute Requisiten zusammen, um sie wieder auf die vorgesehenen Plätze zu legen und Fröhlich saß überaus lässig und nahezu entspannt auf der Rückenlehne eines jener völlig unbequemen Zuschauersessel und schaut auf das Display seines Handys.
Er blickte auch auf sein Handy, als ihn ein Darsteller etwas zu fragen schien. „Scheinbar ist er heute nicht allzu schlecht gelaunt," murmelte der Inspektor vor sich hin.

Der etwas festere Mann und der Mann mit der Brille, die der Inspektor bei den Proben im Haus Nazareth zerstört hatte, gingen miteinander plaudernd quer über die Bühne.

Frieda kam, nachdem sie hinter der Bühne verschwunden war, nun nach einiger Zeit

wieder hervor und ging auf Fröhlich zu. In der Hand hatte sie einen dampfenden Kaffeebecher aus Papier. „So Sascha, hier dein Kaffeetscherl," sagte sie, „aber bitte den Becher nicht durch die Gegend werfen, wenn du dich ärgerst, gell?"
Fröhlich sagte etwas zu Frieda, was der Inspektor aber nicht verstehen konnte, aber es schien nett gewesen zu sein, denn Frieda lächelte zufrieden und auch Beate hob kurz den Kopf und zeigte ihr schönstes Lächeln. Ermutigt durch diese scheinbar positive Stimmung ging nun auch der Inspektor auf Fröhlich zu.

„Und? Gar kein Weinderl mehr, Herr Fröhlich? Lieber ein Kaffeetscherl?", ahmte er Fridas Stimme nach. Er erschrak gleich darauf über sich selbst, da er so etwas sonst nie machte. Fröhlich blickte auf. „Ab jetzt im Steinbruch nicht mehr, da muss ich ja mit dem Auto herfahren und stellen sie sich vor, wenn sie mir den Führerschein abnehmen würden, knapp vor der Premiere. Das wäre eine Katastrophe. Undenkbar," antwortete er dem Inspektor ohne eine Miene zu verziehen.

Der Inspektor nickte verständnisvoll. „Herr Fröhlich, sie haben doch letztes Jahr nach der letzten Vorstellung der Opernproduktionen Requisiten gekauft, oder?“, sagte er schließlich nach einer kurzen Pause. Der Regisseur nickte. „Ja, das mache ich immer. Edelsberger lädt mich immer ein. Erstens sind es großartige Sachen, die man da kaufen kann und zweitens ist es für einen guten Zweck. Aber wissen sie, was diesmal wirklich komisch war?“ „Ja,“ sagte der Inspektor prompt, „dass die Requisitentotenschädel sich als echte Totenköpfe entpuppt haben, oder? „Ja,“ lachte Fröhlich, „ich bin erst draufgekommen, wie ich sie zu den anderen Requisiten ins Depot geben wollte.“ Er trank noch einen Schluck Kaffee. „Aber woher wissen sie davon?“, fragte er schließlich und schaute den Inspektor an. „Schuster hat es mir erzählt,“ antworte dieser. „Schuster? Timo Schuster?“ Der Regisseur blickte den Inspektor fragend in die Augen. „Ja, er hat ihr Bild in den sozialen Medien analysiert und…,“ sagte der Inspektor, wobei er prompt von Fröhlich unterbrochen wurde. „Glauben sie, dass es einen Zusammenhang gibt,

zwischen…" sagte dieser und nahm abermals einen Schluck Kaffee, „…zwischen den Schädeln und dem Mord im Steinbruch? Nicht wirklich, Herrn Inspektor, oder?"
Fröhlich lachte auf. Der Inspektor schaute nur vor sich hin und kramte in seiner Hosentasche nach einem Ingwerzuckerl. „Ich weiß es nicht, aber ich hoffe, dass ich heute noch nähere Informationen bekomme. Ich denke, ich habe erst den ersten Teil der Geschichte gehört."

Die Probe verlief erstaunlich gut an diesem Tag. Nur Fröhlich lief wie immer die ganze Zeit im Zuschauerraum herum und blickte ununterbrochen konzentriert auf die Bühne, während dort die Mitwirkenden ihr Bestes gaben. Dennoch unterbrach der Regisseur immer wieder, wenn Auftritte nicht stimmten, Requisiten fehlten oder ihm sonst etwas nicht gefiel und er es kurzerhand umstellte.

Seit den ersten Proben, welche der Inspektor im Steinbruch gesehen hatte, war schon merklich heißer geworden. An diesem Tag wehte noch dazu ein unangenehmer Wind, der immer wieder große Staubwolken aufwirbelte und diese quer über die Bühne trieb. Timo Schuster war sehr knapp vor der Probe erschienen, sodass der Inspektor davor keine Zeit mehr hatte mit ihm zu sprechen. Schuster warf seinen Rucksack auf einen der Metallsitze und stellte sich gleich auf seinen Platz auf der Bühne. „Im Kostüm," fauchte ihn Fröhlich an und Beate nickte zustimmend. Nachdem sich auch Schuster umgezogen hatte, wurde schließlich weiter geprobt.

Als knapp vor dem Ende der Probe wieder das Kreuz hoch über der Bühne aufgestellt wurde, an welchem diesmal Robert Kogler als Jesus gekreuzigt wurde, wurde der Inspektor wieder aus der Welt der Bibel, in die er versunken war, in seine eigene Welt zurückgeholt und er musste an den Mord denken, den er aufzuklären hatte. Er stellte sich erneut die Frage, was die Totenköpfe der lokalen Opernproduktionen mit dem Mord im Steinbruch zu tun haben könnten. Er konnte beim besten Willen nach wie vor keinen Zusammenhang erkennen.

„Danke für heute," schalle Fröhlichs Stimme

aus dem Lautsprecher „das nächste Mal haben wir dann die Generalprobe und dann schauen wir weiter.“ „Generalprobe mit oder ohne Publikum?“, fragte jemand aus dem Volk. „Ohne Publikum, wer weiß, ob wir unterbrechen müssen. Ich wünsche für heute einen schönen Nachmittag und Abend.“

Die Mitwirkenden verteilten sich wieder in alle Himmelsrichtungen. Einige gingen gleich mit dem Kostüm nach Hause, andere verschwanden hinter der Bühne oder holten sich beim „Felsen“ Getränke. Natürlich war der Mord im Steinbruch noch immer Gesprächsthema, jedoch nicht mehr so stark wie unmittelbar nach der Tat.

„Ich komme gleich,“ rief Timo Schuster dem Inspektor zu, als er ihn im Zuschauerbereich sah, „ich gehe mich nur noch schnell umziehen.“ Er verschwand in jene Richtung, wo die Garderoben standen. Am Weg dorthin zog er die Ärmel seines Kostüms, die er, während der Proben über seine Muskeln hinauf geschoben hatte wieder zurück.

Bis zur Rückkehr Schusters wechselte der Inspektor noch einige Worte mit dem Pfarrer, der während der Probe einen Schattenplatz aufgesucht hatte, von wo er das Probegeschehen auf der Bühne verfolgen konnte.

„Und gibt es jetzt schon eine heiße Spur?“, fragte er aus ehrlicher Neugier. „Ja,“ antwortete der Inspektor.

„Da bin ich aber gespannt,“ sagte nun auch Fröhlich, der zu den beiden hinzugestoßen war, „bringen sie mir aber ja nicht die Spieler durcheinander. Wir haben eh alle Hände voll zu tun, dass es ein wirklich gutes Spiel wird und wir haben nicht mehr viel Zeit. Da kann ich keine Störungen mehr gebrauchen. Haben sie mich verstanden, Herrn Inspektor.“ Dieser stand fast bewegungslos da. War Fröhlich ihm gegenüber in den letzten Tagen durchaus nett gewesen, wurde er nun wieder von ihm abgekanzelt. „Ja, Herr Fröhlich,“ sagte der Inspektor fast entschuldigend, „ich werde…“ „Sie werden gar nichts,“ unterbrach ihn jetzt der Regisseur erneut und ohne Vorwarnung recht schroff, „sonst werfe ich sie hinaus. Das habe ich ihnen schon im Haus Nazareth gesagt. Das gilt jetzt auch hier wieder! Nach der Premiere können sie machen, was sie wollen. Davor nicht mehr!“ Fröhlich drehte sich um und ging die Stufen

von der Tribüne hinunter auf die Bühne. Das Aluminium aus welchen die Stufen gefertigt waren, schepperten laut bei jedem Schritt.
„Typisch Künstler," sagte der Inspektor halblaut, „wer soll aus ihnen schlau werden."
„Nichts für ungut," sagte auch der Pfarrer. Bevor er sich umdrehte, nahm er eine zerknitterte Einladung aus seiner Hosentasche. „Entschuldigen sie bitte, dass die jetzt so aussieht, aber ich habe sie schon den ganzen Tag mitgetragen. Es ist eine Einladung zu meiner Vernissage, weil ihnen ja meine Bilder das letzte Mal so gefallen haben, als sie bei mir im Pfarrhof waren." Der Inspektor blickte auf das Bild auf der Vorderseite der Einladungen und sah nur einen gelben Farbklecks darauf. Ein Motiv konnte er ebenso wenig erkennen wie einst bei den Bildern im Pfarrhof.
„Die Ausstellung wird ‚Landschaften' heißen," fügte der Pfarrer stolz hinzu, dann drehte er sich um und ging langsam weg. Nach einigen Metern blickte er zurück und winkte nochmals kurz dem Inspektor zu. Dieser stand nun allein auf der Tribüne. Sein Blick fiel auf die Einladung. „Landschaften," sagte er erneut halblaut zu sich selbst, „typisch Künstler."

Noch einmal schaute er auf die Einladung und konnte beim besten Willen keine Landschaft erkennen. Eher erinnerte ihn der gelbe Farbpatzen an eine Eierspeise.
Die Einladung zusammenfaltend ging nun auch er zur Bühne. In diesem Moment kam auch schon Schuster aus einem der Tore auf die Bühne heraus. Als er den Inspektor erblickte, ging er auf ihn zu.

Sie gaben sich die Hand und beschlossen sich in den Schatten zu setzen. „Also, Herr Kollege," begann der Inspektor, „sie sind mir immer noch eine Erklärung schuldig, zumindest den zweiten Teil der Geschichte, die sie zu erzählen begonnen haben." Schuster nahm sich eine kleine Mineralwasserflaschen aus dem Rucksack, den der neben sich auf den Boden gestellt hatte. Zischend öffnete er die Flasche. „Also, wo waren wir stehen geblieben?", sagte er und schaute auf die offene Flasche. „Bei den Totenköpfen des gefundenen mittelalterliches Friedhofs," warf der Inspektor ein. „Genau, den Totenköpfen, die dann hier auf der Opernbühne als Requisite verwendet wurden." Der Inspektor nickte. „Also, wir, also

Christoph, dem ich von dem Vorfall erzählt hatte und ich, haben ja mitbekommen, dass diese, nennen wir sie einmal ‚Gärtner' die Köpfe verschwinden ließen und zwar auch auf unorthodoxe, um nicht zu sagen originelle und im wahrsten Sinne des Wortes theatralische Weise." Er trank einen Schluck Mineralwasser, eher er weitersprach. „Einige Zeit später haben wir in der Volkszeitung einen kleinen Artikel über genau diese Gärtnertruppe gefunden. Sie waren eben im Jahr 1989 über das \`Tor zur Freiheit\` geflohen und standen vollkommen mittellos da. So suchten sie in Sankt Magdalena gleich Arbeit." „Und weiter?", frage der Inspektor wieder ungeduldig.

„Die Volkszeitung berichteten in den höchsten Tönen von diesen Männern. Man präsentierte sie als Erfolgsgeschichte des guten Willens unter dem Motto: ‚Wenn man arbeiten will, findet man Arbeit.' Sie sind schließlich ab diesem Zeitpunkt immer wieder im Herbst und im Frühjahr von Deutschland, wohin sie nach dem Fall der Mauer wieder zurückgekehrt waren, hergekommen, um ihre Gärtnerarbeiten anzubieten. Es war alles angemeldet, es war alles legal." „Zum Punkt,

Herr Schuster. Was hat das Ganze mit Dreher, ihnen und dem Mord zu tun?“, unterbrach der Inspektor. „Nun,“ sagte Schuster, „in dem Artikel stand auch, dass sie gesagt hätten, dass man trotz aller Arbeit das Leben genießen müsse.“ „Wie wahr, wie wahr,“ nickte der Inspektor. Schuster trank erneut einen Schluck Mineralwasser aus der Flasche, die er gleich darauf wieder zuschraubte. Er verstaute die Flasche wieder in seinem Rucksack. Nun saß er nach vorne gebeugt und erzählte weiter, ohne dabei den Inspektor anzusehen. Dabei fuhr er sich mit der Hand über das Gesicht, um sich den Schweiß von der Stirn zu wischen, welcher sich nach dem Trinken schnell gebildet hatte.

„In einer Dokumentation über Nachtclubs, welche wenig später auf einem Privatsender gezeigt wurde, sind uns die drei noch einmal aufgefallen. Echt angeheitert haben sie erzählt, dass es lustig wäre sich nach getaner Arbeit zusammen mit einem Mädchen zu vergnügen, noch dazu wo die eigenen Ehefrauen weit weg wären. Sie würden dazu nicht nur ins nahegelegene Laufhaus gehen, sondern auch die Mädchen zu sich einladen.

Vergnügt hätten sie sich nicht nur in dem gemieteten Haus in unmittelbarer Nähe von Sankt Magdalena, sondern auch in ihrem uralten VW-Bus. In diesem sei es stets besonders lustig, hatten die Männer damals vor laufender Kamera festgestellt, da die meisten Mädels nostalgisch veranlagt wären und auf den über dreißig Jahre alten Kleinbus voll abfahren würden." Schuster machte eine Pause und langsam dämmerte es dem Inspektor und er ahnte, dass sein Fall plötzlich ganz andere Dimensionen annahm.

„Als dann der ‚Fall Lisa' wieder in den Medien auftauchte, da haben wir nur eins und eins zusammengezählt und dann haben wir..." „Da haben sie selbst zu ermitteln angefangen, oder?", unterbrach ihn der Inspektor. „Ja," kam es Schuster zögerlich über die Lippen. Er beugte sich noch weiter nach vor. „Aber wieso dachten sie, dass es gerade die drei Gärtner sein könnten?", fragte der Inspektor und hob eine Augenbraue. Er nahm nun sein kleines Notizbüchlein aus der Tasche und machte sich Notizen.
„Nun," sagte Schuster, „es war eigentlich ein Zufall. Wir, also Christoph und ich, hatten

wieder einmal über den Mappen gebrütet und neue Sachen eingeordnet. Wir hatte dann aber Probe im Steinbruch und wir beschlossen, nachdem die Probe wegen dem starkem Regen abgebrochen werden musste, noch zu Pepis-Sportlertreff zu gehen. Christoph ging voraus und als ich beim Imbiss war, waren schon unzählige Passionsspielerinnen und Passionsspieler dort und auch jene drei besagten Männer, die über eine der vielen Gratiszeitungen gebückt saßen und hineinblickten. Dabei redeten sie aufgeregt miteinander. Auch Christoph hatte eine dieser Zeitungen in seinen Händen und als er sah, dass ich gekommen war, winkte er mich gleich zu sich. Er drehte die Zeitung zu mir und zeigte mir einen Artikel, der nach langer Zeit wieder über den ‚Fall Lisa' erschienen war. Zu diesem Zeitpunkt ging man auch schon von mehreren Tätern aus, ebenso, dass diese immer wieder an den Tatort zurückkehren würden und man ihnen auf der Spur sei."

Schuster richtete sich auf und blickte den Inspektor von der Seite an. „Die drei unterhielten sich auf jeden Fall sehr aufgeregt über den Artikel, der sonst nur den

Bürgermeister, der auch im Imbiss anwesend war, nervös machte, kam doch Sankt Magdalena wieder einmal in die Schlagzeilen. Die drei Gärtner hatten an diesen Abend offensichtlich auch zu viel getrunken und so weiter und so weiter.“ „Um es abzukürzen, sie meinen, die Mörder von Lisa und die Mörder Christophs sind die Gärtner?“, fragte der Inspektor.

Obwohl die Situation alles andere als komisch war, musste Schuster lachen. „Vielleicht sind sämtliche Krimis doch näher an der Realität dran, als man meinen möchte. Sie haben sich auf jeden Fall ertappt gefühlt. Nervös machte sie vor allem, dass man vermutet hatte, dass die Täter immer wieder an den Tatort zurückkehren würden und dass die Cold-Case-Gruppe des Bundekriminalamtes nun mit neuem Elan ermittelte. Nachdem Jahrzehnte lange alles gut gegangen war, schien sich jetzt die Schlinge langsam zuzuziehen,“ stellte er schließlich trocken fest.

„Und sie, also Christoph und sie waren sich auch ihrer Sache relativ sicher und sie wollten diesen spektakulären Fall auf eigene Faust lösen, oder?“ „Ja, Herrn Inspektor,“ sagte

Schuster nun fast kaum hörbar, „Christoph hat sich da aber zu weit aus dem Fenster gebeugt. Leider. Scheinbar haben sie auch mitbekommen, dass wir mitbekommen haben, was sie gesagt haben. Ich bin dann aufs Klo gegangen, weil ich dann in den Dienst fahren wollte und Christoph wollte auch nachhause gehen. Sie sind ihm scheinbar nachgegangen und..." Schuster machte eine kleine Pause und der Inspektor merkte, dass Schusters Augen feucht wurden. „Das wäre doch der Knalleffekt für unsere Chronik über Sankt Magdalena gewesen, oder?", sagte Timo Schuster fast unhörbar. „Ja," sagte der Inspektor zustimmend. „Wir wären die Könige der Welt gewesen, zumindest Könige der kleinen Welt von Sankt Magdalena, mit der Lösung dieses, unseren Ort schon so lange begleitenden Falls. Als ich vom Klo zurückkam und mich von Christoph verabschieden wollte, waren alle drei verschwunden und keiner konnte mir sagen wo sie hin gegangen waren und auch Christoph war nicht mehr da.

Ich dachte nur, dass auch er schon gegangen sei. Bei unserem Tisch angekommen sah ich nur, dass meine noch volle Bierflasche fehlte.

Ich hatte sie noch bevor ich aufs Klo ging, bestellt und wollte sie mir mit nachhause nehmen, um sie nach dem Nachtdienst zu trinken, machte mir aber keinen Reim daraus, dass sie nun fehlte. Einige Augenblicke später läutete mein Handy. Es war Christoph, der mir laut und aufgeregt nochmals seinen Verdacht mitteilte. Dann hörte ich, wie er angesprochen wurde und ein Wort das andere gab. Dann einen dumpfen Schlag. Die Stimmen kannte ich. Es waren die Stimmen der drei Gärtner.“ Er machte eine Pause und schluckte. „Es muss alles vor der Imbisshütte passiert sein. Ich habe dann nur den alten VW-Bus wegfahren sehen, als ich aus der Hütte lief.“ Er machte abermals eine Pause. „Der Rest ist bekannt.“

Schuster fuhr sich durch schwarze Haare. Abermals rann eine Träne über seine Wange. „War er bei dem ersten Schlag gleich tot, Herr Inspektor?“ Der Inspektor nickte. Sie schwiegen. Die letzten Passionsspieler verließen nun das Bühnengelände und auch die zwei Pferde, die bei den Passionsspielen eingesetzt waren, wurden an ihren Zügeln den Weg hinaufgeführt, vorbei am großen

Kreuz, welches noch von der Probe aufgestellt war.

„Ich verstehe," murmelte der Inspektor, „ich verstehe." Dann zückte er sein Handy und rief die Kollegen des Bundeskriminalamtes an.

XXVIII

Zwei Tage später gab es tatsächlich Infos in Sankt Magdalena, die es wirklich wert waren bekannt gemacht zu werden. Das Landeskriminalamt und das Bundeskriminalamt konnten „durch einen Hinweis aus der Bevölkerung" zusammen zwei Mordfälle klären, jenen an der Prostituierten Lisa, der jahrzehntelang ungeklärt war und immer wieder für Schlagzeilen sorgte und jenen an Christoph Dreher, der in der kleine Passionsspielgemeinde in den letzten Wochen immer wieder Gesprächsthema Nummer eins war. Der Tathergang des zweiten Falls war bald geklärt. So wie Schuster vermutet und dem Inspektor erzählt hatte, stellten die drei Gärtner Dreher zur

Rede, da sie seinen Verdacht mitbekommen hatten. Nachdem alle Einschüchterungsversuche erfolglos geblieben waren, hatte einer von ihnen plötzlich die Bierflasche, die er zuvor in der Imbisshütte mitgenommen hatte, gezückt und Dreher über den Kopf geschlagen. Wie später zu Protokoll gegeben wurde, brach nun leichte Panik aus und der Körper Drehers wurde zu dem alten VW-Bus gezerrt und mit alten Regenplanen zugedeckt, wie drei Jahrzehnte zuvor der Leichnam des Freudenmädchens Lisa. Einem der Männer, der in Christoph Dreher einen der beiden Jesus-Darsteller wieder erkannte, fiel schließlich, so gaben die Täter später an, die Sache mit dem Kreuz ein, um eine falsche Fährte zu legen und keine Parallelen zum „Fall Lisa", mit einem zufällig abgelegten und zugedeckten Leichnam aufkommen zu lassen. Den Schlüssel zum Gelände der Passionsspiele im Steinbruch hatten sie von ihrer Arbeit und schließlich hatten sie auch einige Male zugesehen, als bei den Proben das Kreuz aufgestellt worden war. Die Nägel und der Hammer waren die geringste Übung, denn diese befanden sich im Werkzeugkasten, welchen die Polizei schließlich, zusammen mit dem alten VW-Bus, in welchem durch die Kollegen der Spurensicherung etliche verwertbare Spuren gefunden werden konnten, sicherstellte.

Was den Inspektor betraf, hatte er nun eine Menge an Schreibarbeiten zu erledigen. Stunden um Stunden saß er in seinem Büro und fasste alles zusammen. Dabei verzögerte sich seine Arbeit, da er alles im Zweifingersystem in den Computer eingab. Es kam ihm also nicht ungelegen, als sein Handy läutete und der Pfarrer von Sankt Magdalena sich meldete.
Er fragte, ob der Inspektor nicht vor der Generalprobe am nächsten Tag ein paar Worte sagen könnte, damit alle Passionsspieler beruhigt wären, dass nicht einer von ihnen der Mörder sei und dass der Mord letztlich doch nichts mit den Passionsspielen zu tun hätte. Der Inspektor sagte zu.

Am nächsten Tag setzte er sich in sein Auto und fuhr in Richtung Sankt Magdalena. Beim Einsteigen ärgerte er sich, dass er wieder vergessen hatte die Motorsense aus dem

Auto zu nehmen, als er das letzte Mal in seinem Schrebergarten war. Gleichzeitig war er aber erfreut, dass er noch ein Ingwerzuckerl im Handschuhfach vorfand. Als er in die Ortschaft kam, schien ihm Sankt Magdalena heute freundlicher und friedlicher als noch die Tage zuvor. Beim Vorbeifahren bemerkte er, dass sich Leute durchaus wieder grüßten und nicht mehr misstrauisch beäugten, vor allem unter den Passionsspielern.

Im Steinbruch war es an diesem Tag noch heißer als bei den letzten Proben. Der Inspektor war, wieder einmal staubaufwirbelnd, durch die hintere Einfahrt ins Gelände gekommen, parkte sein Auto unweit der Bühne und warf die Türe zu. Die beiden gelösten Mordfälle waren Thema Nummer eins und so mancher Passionsspieler nickte nun dem Inspektor freundlich und anerkennend zu. Nur Timo Schuster war beim Anblick des Inspektors etwas nervös, wusste er doch nicht, welche dienstlichen Konsequenzen sein Verhalten während der Ermittlungen und sein eigenmächtiges Vorgehen noch haben würde.

„Hallo," hörte der Inspektor eine Stimme hinter sich. Er verdrehte kurz die Augen. „Ich weiß, dass ich da hinter der Bühne nichts zu suchen habe," sagte er, ohne sich umzudrehen. Als er weiter gehen wollte, vernahm er abermals die Stimme „Nein nein, ich wollte nur fragen, ob ich ein Selfie mit ihnen machen kann, Herr Inspektor. Jetzt wo sie doch den Fall gelöst haben." Der Inspektor zog eine Augenbraue hoch und ging, ohne darauf zu reagieren weiter. „Und was soll ich jetzt bitte posten?", hörte er es doch mehr erbost als enttäuscht hinter seinem Rücken.

Mitten unter den Passionsspielerinnen und Passionsspielern fand der Inspektor schließlich den Pfarrer von Sankt Magdalena. „Ja mei, Herr Inspektor," sagte der Pfarrer, „schön, dass sie da sind und danke, dass sie sich bereit erklärt haben ein paar Worte zu sprechen, zur Beruhigung der Leute." „Gern geschehen," antwortete der Inspektor und machte eine fast entschuldigende Handbewegung, „alles kann ich ohnehin noch nicht sagen, bis sämtliche Berichte offiziell sind. Sie wissen ja, es gibt doch noch keine Anklageschrift und noch lange kein Urteil." „Nein nein. Ich verstehe," beruhigte der Pfarrer den Inspektor, „sowas wäre ja viel zu früh." „Eben," sagte der Inspektor knapp „und ich hoffe, dass mir nicht zu viele Fragen gestellt werden." „Nein, ich glaube es ist genug ein paar Sätze zu sagen," beruhigte der Pfarrer erneut. Dann seufzte er. „Ich bin ehrlich froh, dass die ganze Sache nichts mit den Passionsspielen zu tun hat." „Nur indirekt," sagte Inspektor, „denn schließlich wurde jemand gekreuzigt." „Das stimmt allerdings," war die nachdenkliche Antwort des Pfarrers. Er blickte den Inspektor an. „Ich überlege schon die ganze Zeit warum." Der Inspektor lachte. „Da sieht man, dass sie zu wenige Krimis lesen. Natürlich um eine falsche Fährte zu legen. Oftmals sind Krimis näher dran an der Realität dran, als man meinen möchte. Was wir bis jetzt aus den Vernehmungen wissen ist, dass die drei Gärtner gehört hatten, dass sich Christoph Dreher mit Schuster am Telefon aufgeregt unterhalten hatte, knapp nachdem er Pepis-Sportlertreff verlassen hatte. Dabei hatte er nicht gemerkt, dass die drei ebenso gerade gegangen waren. Nun hörten sie, dass es um den von ihnen verübten Mord ging. Schließlich haben sie versucht Christoph zur Rede zu stellen, einzuschüchtern und einer von ihnen hat die Nerven verloren." Er verstummte kurz und biss sich auf die Lippen. „Schließlich war der Mord an Lisa jahrzehntelang nicht aufgeklärt worden und nun sollte er gerade von einem Hobbyhistoriker gelöst werden? Einer hat ihm schließlich die Bierflasche über den Kopf gezogen. Diesmal war der Mörder tatsächlich der Gärtner."

Der Pfarrer schaute betroffen und nachdenklich zugleich. „Ja, aber warum die Sache mit dem Kreuz?" Obwohl die Situation alles andere als heiter war, musste der Inspektor lachen. „Nochmals. Sie sollten vielleicht weniger malen und mehr Krimis lesen, Herr Pfarrer," sagte er und musste an seinen angefangenen Krimi zuhause denken, über dessen erste Seiten er nicht hinausgekommen war, „Christophs Gesicht war überall präsent in Sankt Magdalena und darüber hinaus. Auf den Plakaten zum Beispiel. Ja, sogar schon bei der Ortseinfahrt, bei jenem Plakat des Letzten Abendmahls. Es zeigt Dreher als Jesus mit seinen elf Apostel." Er lachte kurz, „Verzeihen sie mir diesen kleinen Scherz, aber ich habe jedes Mal nachgezählt. Es sind nur elf Apostel drauf." Abermals musste er laut auflachen und dieses Lachen klang nicht gekünstelt. „Aber auch auf den Werbefoldern, auf den Transparenten und so weiter. Dreher und Kogler sind als Jesus-Darsteller überall präsent, auch wenn jetzt letztlich Rauchnig alternierend mit Kogler spielen wird. Nochmals, man hat Dreher als er tot war ans Kreuz genagelt, um eine falsche Fährte zu legen und es war für die drei Gärtner überhaupt kein Problem in den Steinbruch zu gelangen, schließlich hatten sie von den Gärtnerarbeiten noch einen Schlüssel für das hintere Einfahrtstor," erklärte er. „Und die Nagelung? Wie wussten sie über die Nagelung der Hände Bescheid, dass sie historisch korrekt war?", fragte der Pfarrer noch immer verwundert. „Wissen sie," seufzte der Inspektor und zupfte sich etwas sein Sakko zurecht, „manche Details darf man nicht überbewerten, auch wenn sie auf den ersten Blick interessant scheinen." Er zog einen Ausdruck von der Homepage der Pfarre Sankt Magdalena über den Vortrag des Turiner Grabtuchs aus der Innentasche seines Sakkos. „Sie waren schlicht und ergreifend zu diesem Vortrag in der Kirche, aber wahrscheinlich nicht aus ehrlichem Interesse, sondern weil Pepis-Sportlertreff, wo sie immer einkehrten, noch nicht geöffnet gehabt hatte und sie nicht im Regen stehen wollten. Sie haben ja selbst gesagt, dass es damals geschüttet hat. Die Wetterwarte konnte es durch ihre Aufzeichnungen bestätigen. Sie haben sich einfach in die Kirche gesetzt, um nicht nass zu werden, wie damals die Spieler bei der Passionsspielprobe am selben Tag. Nicht alle Schäfchen kommen in die Kirche, weil sie fromm sind."

„So," hörte man Fröhlichs Stimme über den Lautsprecher, „der Herr Pfarrer möchte jetzt noch ein paar Worte sagen und dann auch der Herr Inspektor und dann möchte ich endlich mit der Generalprobe beginnen. Eine Generalprobe die hoffentlich ohne Störung verläuft." Der Inspektor schaute den Pfarrer an und wusste ganz genau, dass nur er damit gemeint war.

Die folgende Generalprobe verlief, nachdem der Inspektor einige Worten gesprochen und ohne den Ermittlungsergebnissen vorzugreifen festgestellt hatte, dass die Tat nichts mit den Passionsspielen zu tun hätte und somit niemand der Mitwirkenden der Täter sein könne, erstaunlich gut. Vielleicht war es auch Sascha Fröhlich selbst, der sich einmal mehr unbeliebt machte, indem er feststellte, dass eine missglückte Generalprobe keinesfalls eine gute Premiere garantieren würde, wie man immer behauptete.

XXIX

Die gesamte Generalprobe verlief perfekt und auch die Premiere, zu welcher der Inspektor vom Pfarrer eine Ehreneinladung bekommen hatte, war ein voller Erfolg.

Man wusste zwar genau, dass die restlichen Ermittlungen im „Fall Lisa“ noch dauern würden, aber der Mord im Steinbruch war Dank der intensiven Zusammenarbeit des

Landeskriminalamtes und des angereisten Bundeskriminalamtes und nicht zuletzt aufgrund der übereifrigen Ermittlungen von Timo Schuster geklärt. Seitens des Bundeskriminalamtes ließ man auch dem Inspektor den Erfolg an der Klärung des Falls im Steinbruch und dieser setzte sich wiederum dafür ein, dass Schuster nicht allzu große Schwierigkeiten wegen der anfänglichen Erschwerung der Ermittlung und dem eigenmächtigen Recherchieren bekam.

Am Tag der Premiere war der Mord im Steinbruch nur noch hinter vorgehaltener Hand Thema, wenngleich man mancherorts auch die offizielle Variante bezweifelte, gefielen sich doch manche dabei besser in irgendwelchen Verschwörungstheorien zu versinken oder diese in Ermangelung anderer Lebensinhalte in den sozialen Medien zu befeuern. Doch dieser Theaterdonner war bei der Premiere nebensächlich und auch der richtige Donner blieb aus. Es war prachtvolles Premierenwetter.

An diesem Tag gaben sich Eminenzen und Exzellenzen die symbolische Türklinke in die

Hand, applaudierte der Landeshauptmann und sämtliche Mitglieder der Landesregierung den Mitwirkenden und unzählige Prominente und solche die es gerne wären, gaben sich ein Stelldichein. Schon vor der Vorstellung und in der Pause wurden unzählige Interviews gegeben, wobei dem Inspektor schien, dass er sämtliche Antworten schon dutzende Male bei den Interviews über die Passionsspiele während der Probenarbeiten gehört hatte.

Dennoch konnte nichts wirklich die Feierlaune trüben. Alle freuten sich über die gelungene Produktion und klopfen einander auf die Schulter wie schön alles geworden sei, auch jene, die der Inspektor bei den Proben kaum oder überhaupt nicht gesehen hatte. Nur hinter der Bühne merkte man durchaus eine gewisse Anspannung. So eilten Frieda und Beate vor der Vorstellung und in der Pause hin und her um zusammen mit Gisela Man, der Kostümverantwortlichen, die Kostüme zu kontrollieren und Requisiten herzurichten. In der Technik versuchte man die letzten Rückkopplungen in den Griff zu bekommen und Fröhlich lief nach wie vor mit einem kritischen und manchmal sorgenvollen Blick auf die Bühne im engen Regiehaus hin und her, wenngleich er etwas besser gelaunt schien als in den letzten Tagen.

Zu seinem großen Glück hatte der Inspektor einen Platz im Schatten bekommen. Vor lauter Freude über eine Ehreneinladung hatte er sich sogar eine Krawatte umgebunden. Schon am Weg vom Parkplatz zum Empfang der Ehrengäste spürte er, wie sich am Hemd unter seinem Sakko immer größeren Schweißflecken bildeten. Das schnelle Trinken des Inhalts einer kleiner Mineralwasserflasche verstärkte diesen Effekt nur noch. Er war heilfroh, als er sich schließlich im Schatten hinsetzen konnte und die Vorstellung begann. Obwohl er das Stück bei den Proben schon öfter gesehen hatte, war er durchwegs davon nach wie vor angetan. Die Pferde galoppierten, das Volk wogte in bunten Gewändern über die Bühne und Robert Kogler brillierte nicht nur bei der Szene der Tempelreinigung als Jesus, sondern das ganze Stück hindurch. Römische Soldaten marschierten über Brücken und blickten von hohen Mauern herunter, Hohepriester und Pharisäer warfen

Weihrauch in die Feuerschale und Timo Schuster versuchte als Judas vergeblich seinen Geldbeutel zurückzugeben und so den Verrat an Jesus rückgängig zu machen.
Bei manchen Szenen merkte der Inspektor, dass einige Zuschauer vor Rührung weinten und auch er griff vergeblich einige Male in seine Hosentasche, um ein Taschentuch zu suchen. Als Kogler schließlich als Jesus am Kreuz aufgerichtet wurde, hatten einige der Anwesenden im Publikum und der Mitwirkenden einen kalten Schauer im Rücken und einige dachten jetzt auch an Christoph Dreher.

Der Schlussapplaus wollte nach dem großen Finale kaum enden. Immer wieder mussten sich die Darstellerinnen und Darsteller verbeugten. Hinzu kamen nun auch Didi und Fröhlich, sowie der Bühnenbildner und die Kostümverantwortliche und natürlich der Pfarrer als Spielleiter.
Erst nach einiger Zeit stand das begeisterte Publikum auf, um nach Hause zu gehen.

„Herr Inspektor, schön, dass sie hier waren," sagte der Pfarrer, der ihn im Gewusel der unzähligen Zuschauerinnen und Zuschauer erspäht hatte. „Bitte, kommen sie doch noch mit zum Premierenempfang." „Bitte nicht," antwortete der Inspektor schnell und zupfte sein Sakko, aus dessen rechter Tasche schon die abgenommene Krawatte schaute, zurecht. „Erstens bin ich nicht entsprechend gekleidet, zweitens die ganze Prominenz und drittens glaube ich nicht, dass Fröhlich besonders begeistert wäre, mich noch mal zu sehen, nachdem ich immer wieder die Proben gestört habe."

Er gab dem Pfarrer wortlos die Hand, drehte sich um und ging am knirschenden Kies den Weg hinauf zum großen Schotterparkplatz.

Eine Gruppe von Frauen blieb in der Mitte des Weges stehen und ließ sich noch mit der Bühne im Hintergrund fotografieren, andere blätterten schon auf dem Weg zum Ausgang im Programmheft, wieder andere wischten sich noch verstohlen noch die eine oder andere Träne aus den Augen. Der Inspektor ließ sich vom Fluss der Weggehenden treiben.

Am Parkplatz angekommen blickte der Inspektor nochmals auf die Bühne hinunter

und auf das große Kreuz, welches hoch über ihr aufgestellt war. Keine Wolke bedeckte, im Gegensatz zu dem Tag, als er das erste Mal im Steinbruch war, den strahlend blauen Himmel und das weiße Tuch, welches über das Kreuz gewunden war, wurde nur ganz leicht vom Wind bewegt.
Die Sonne schien über dem Steinbruch von Sankt Magdalena.

XXX

Drei Tage später musste der Inspektor noch einmal nach Sankt Magdalena um Fotos für seinen Bericht zu machen. Der Mann, dessen Brille er zerstört hatte, winkte ihm schon von der Entfernung zu und öffnete das Tor zum Bühnengelände. Der Inspektor stellte sein Auto ab und stapfte stumm auf der Bühne und im gesamten Gelände herum und machte die benötigten Bilder. Auf der anderen Bühne sah er gerade, wie ein überdimensionaler Gugelhupf aufgestellt wurde. Eberhard Edelsberger winkte dem Inspektor zu. „Rigoletto," rief er. „Ich liebe Verdi!", rief der Inspektor zurück und freute sich, dass

Edelsberger bestätigend den Daumen seiner rechten Hand in die Höhe hielt.
Dann stapfte der Inspektor wieder zu seinem Wagen, wobei er wieder die Motorsense auf die Seite drücken musste, um seinen Sicherheitsgurt anlegen zu können. Nach nicht einmal zwei Minuten war er wieder vom Steinbruch in Sankt Magdalena angekommen. Beim Pfarrhof sah er Sascha Fröhlichs Auto. Der Inspektor hielt seinen Wagen an und stieg aus. Er ging ein paar Schritte auf ihn zu.

„Sie reisen ab, Herr Fröhlich?“, fragte der Inspektor? „Ja,“ sagte Fröhlich und öffnete die Beifahrertüre seines schwarzen und wie immer ungewaschenen Wagens. Er nahm das Textbuch heraus, welches schon fast von allein auseinanderfiel und blätterte kurz darin. „Die Füchse haben ihre Höhlen, die Vögel ihre Nester,“ zitierte er daraus, „der Regisseur hat aber keinen Ort, wo er sein Haupt hinlegen kann.“ Beide grinsten breit. „Die Pfarre Stankt Magdalena braucht die Wohnung, in der ich bis jetzt sein durfte natürlich jetzt für Gäste der Passionsspiele,“ sage er. Dann drehte er sich um, „Herr

Inspektor, ehrlich, Sympathieträger sind sie keiner, aber sie haben was weitergebracht." „Danke, Herr Fröhlich," antwortete der Inspektor, „ich gebe das Kompliment eins zu eins zurück." „Gratulation zur Lösung des Falls," sagte Fröhlich und streckte den Daumen seiner rechten Hand in die Höhe. „Gratulation zur Inszenierung," antwortete der Inspektor und wiederholte Fröhlichs Geste. Beide schüttelten die Hände und lächelten sich an. „Danke," sagten sie gleichzeitig.

Fröhlich nahm den Schlüssel der Gästewohnung, der an einem langen roten Schlüsselband hing und warf ihn in den Schlüsselkasten beim Pfarrhaus. Der Inspektor war mit ihm mitgegangen. Der Schlüssel fiel dumpf auf den Boden des Briefkastens. Sie gingen einige Schritte weiter und setzten sich auf die Sandsteinwürfel, welche zwischen der Pfarrkirche von Sankt Magdalena und dem Beinhaus auf der Wiese standen. Ameisen schütteten kleine Hügel aus Erde vor die Ausgänge ihres Baus. „Das habe ich immer mit Sorgen angesehen, wenn wir geprobt haben. Die Ameisen machen das nur, wenn Regen kommt," sagte Fröhlich. Sie schauten den Ameisen zu und schwiegen. „Und was werden sie jetzt machen, Herr Inspektor?“, unterbrach Fröhlich schließlich das Schweigen. „Zuallererst werde ich die Motorsense aus meinem Auto in meinen Schrebergarten bringen,“ lachte der Inspektor, „und einkaufen. Einkaufen muss ich.“ „Klopapier,“ sagten Fröhlich und der Inspektor gleichzeitig und zeigten mit ihren Zeigefingern aufeinander. Beide lachten, wie alte Schulfreunde, die sich ewig nicht gesehen hatten und einander ihre alten Streiche erzählten. „Was werden sie machen, Herr Fröhlich?“, fragte der Inspektor schließlich und hielt Fröhlich zwei Ingwerzuckel, die er soeben aus seiner Tasche herausgekramt hatte, hin. Fröhlich sah dem Inspektor in die Augen und nahm eines der Zuckerl. Gleichzeitig wickelten sie die Ingwerzuckel aus. „Ich,“ sagte Fröhlich, „ich habe schon die nächsten Projekte im Kopf. Ein Musical steht am Programm. Im Kopf ist es schon längst fertig. Ich brauche nur noch die Musik, einen richtig geilen Spielort, die Mitwirkenden und natürlich Subventionen,“ lachte Fröhlich. Auch der Inspektor musste lachen. „Also, wie ich das beurteile, haben sie schon fast alles fertig, oder?“, sagte er. „Ja,“ lachte Fröhlich, „und dann werde ich vielleicht ein Buch schreiben. Einen Krimi.“ „Einen Krimi? Über?“, wollte der Inspektor wissen. Fröhlich beugte sich nahe zum Inspektor und deutete mit einer Hand so in die Richtung des Steinbruchs, dass der Inspektor Fröhlichs Hand mit seinen Blicken folgte. „Über die Passionsspiele von Sankt Magdalena,“ lachte Fröhlich, „was sonst? Glauben sie mir, Herr Inspektor, Stoff gäbe es genug.“ Der Inspektor nickte zustimmend und lachte. „Das glaube ich. Aber was werden die Leute sagen?“, fragte er schließlich. „Ich nenne ja niemanden beim Namen,“ antwortete Fröhlich und nahm den Strohhut, der in der Zwischenzeit schon brüchig geworden war vom Kopf, „aus Simon Rauchnig mache ich beispielsweise Andreas Schalling. Schauen sie, Herr Inspektor. Ich bleibe in der Welt der Passionsgeschichte. Der Bruder des Simon Petrus war Andreas, aus Rauch mache ich Schall, also Andreas Schalling. Verstehen sie?“ Die Augen des Regisseurs funkelten schelmisch. „Aus Didi mache ich Thomas. Ganz einfach.“ Sein Gegenüber schaute ihn fragend an. Der

Regisseur deutete auf das Textbuch. „Thomas genannt Didimus, also Didi. Klar?“ Nun nickte der Inspektor und wieder mussten beide lachen. „Und sie selbst? Wie werden sie sich selbst nennen?“, frage der Inspektor. „Ich muss ja nicht unbedingt vorkommen, aber wenn, dann übersetze ich meinen Vornamen vielleicht ins Deutsche und meinen Familiennamen ins Tschechische,“ antwortete Fröhlich. Er steckte das Zuckerl, welches er nun schon einige Minuten ausgewickelt in seiner Hand gehalten hatte in den Mund und wischte sich die klebrig gewordenen Finger in seiner Hose ab. “Also, Alexander Wessely?“, kramte der Inspektor seine Tschechischkenntnisse heraus, welche ihm seine Großmutter beigebracht hatte, als er vier Jahre alt war. Fröhlich nickte. „Zwar nicht originell, aber für diesen Zweck reicht es allemal,“ lachte er.

„Komme ich auch vor?“, wollte der Inspektor neugierig wissen. „Klar,“ antwortete Fröhlich, „wer sollte sonst bei einem Krimi die Hauptrolle spielen als sie.“ Krachend biss er auf das Zuckerl, welches er während des Redens im Mund hin- und hergeschoben hatte. „Und wie werde ich heißen?“, fragte der Inspektor nach. „Sie werden überhaupt keinen Namen bekommen,“ sagte Fröhlich, „schon wegen der Geheimhaltung nicht. Wird zwar manche beim Lesen ärgern oder irritieren, aber das ist mir egal. Einige aus Sankt Magdalena werden auch gar nicht im Krimi vorkommen oder nur so dass sie eine völlig unbedeutende Rolle einnehmen. Können sie sich denken warum?“ Der Inspektor nickte und zum wiederholten Male mussten wieder beide lachen. „Vor allem werde ich eines machen,“ lachte Fröhlich, „ich werde einfach mit dem Schreiben beginnen. Einfach so. Manchen Sachen werde ich so ausführlich beschreiben, dass mancher daran irre werden wird, beispielsweise die Fußmatte des Pfarrhofs. Andere Sachen werde ich zügig erzählen und bei der Lösung des Falls werde ich einige Fragen offenlassen.“ „Weil?“, fragte der Inspektor. „Weil es Spaß macht,“ lachte Fröhlich und war in diesem Moment dem Inspektor das erste Mal nach langer Zeit wieder einmal richtig sympathisch. „Und einigen Details werde ich zunächst ungeheure Bedeutung geben und dann kommen sie nicht mehr vor.“ Fröhlich bekam sich vor Lachen kaum mehr ein und auch der Inspektor lachte mit, ohne zu wissen wieso. „Zum Beispiel?“, prustete er. „Zum Beispiel wird sich bei meinem Krimi der Inspektor zunächst bei jeder Gelegenheit die Hände desinfizieren und dann plötzlich nicht mehr und es wird niemanden wirklich bei der Lektüre auffallen,“ sagte Fröhlich und wischte sich die Tränen, die sich beim Lachen in den Augen gebildet hatten, aus dem Gesicht. Auch der Inspektor lachte noch immer. „Sehen sie, Herr Fröhlich, ich habe selbst drauf schon ewig vergessen, obwohl ich immer ein Fläschchen mit Desinfektionsmittel mithabe,“ lachte der Inspektor. Er griff in seine Hosentasche und nahm das Fläschchen mit dem Desinfektionsmittel heraus. Er öffnete es und bot Fröhlich durch eine Bewegung davon an. Fröhlich hielt seine Hände hin, der Inspektor drehte das Fläschchen um, aber es kam nicht heraus. „Leer,“ sagten sie gleichzeitig. „Eine Geschichte wie sie nur das Leben schreiben kann,“ rief Fröhlich nach Luft schnappend. „Oder sie, Herr Fröhlich,“ fügte der Inspektor schelmisch hinzu. Dann lachte sie wieder unaufhörlich.

„Ich wollte mich noch bei ihnen bedanken und mich verabschieden," hörten beide plötzlich eine Stimme, die ihr Lachen unterbrach. Als sie sich umdrehten, stand hinter ihnen der Bürgermeister von Sankt Magdalena. Er trug einen grauen Anzug, den Hemdkragen lässig offen. In seinen Händen trug er einen großen Geschenkkorb. „Danke für alles," sagte der Bürgermeister und drückte dem Inspektor den überwiegend mit Marmeladen, Würsten und den obligatorischen Weinflaschen gefüllten Korb in die Hand. „Kommen sie wieder einmal vorbei," sagte der Bürgermeister, „aber wenn es geht auf Urlaub und nicht dienstlich. Das habe ich ihren Kollegen vom Bundeskriminalamt auch gesagt." Er klopfte dem Inspektor auf die Schulter und drehte sich auch Fröhlich kurz zu, um ihm die Hand zu geben. Eine Mitarbeiterin der Gemeinde zückte ihr Handy, welches mit rosa Einhornaufklebern überzogen war und machte ein Foto, welches später für die Gemeindezeitung gedacht war und welches den Bürgermeister und neben ihm einen Geschenkkorb mit zwei Beinen, welche dem Inspektor gehörten, zeigte.

Der Inspektor stand nun mit dem Korb da, das Zellophan glitzerte in der Sonne und die Würste rochen verlockend. „Äh, können sie bitte kurz den Korb halten, Herr Fröhlich," blickte der Inspektor diesen fragend an, „dass ich meinen Autoschlüssel herausnehmen kann?"

Ehe Fröhlich antworten konnte, hatte ihm der Inspektor schon den Korb in die Hände gedrückt und kramte in seiner Hosentasche. Zwischen Münzen, Wohnungsschlüsseln, Büroklammern und Zuckerlpapierln suchte er verzweifelt nach dem Schlüssel für sein Auto. Endlich hatte er ihn gefunden und nahm ihn aus der Tasche, ebenso ein Ingwerzuckerl. Da die Batterie für die Fernbedienung nicht mehr funktionierte, sperrte er sein Auto manuell auf und gab den Geschenkkorb in den Kofferraum direkt neben jenen Korb, der bis auf das halbe Kilogramm Bandnudeln und das Kürbiskernöl schon leer war. Dann drehte er sich zu Fröhlich und gab ihm das Zuckerl, welches er zugleich mit dem Autoschlüssel aus seiner Tasche gefischt hatte. „Mein letztes, ich muss wieder einkaufen gehen," sagte er fast feierlich. Fröhlich nahm das Ingwerzuckerl und lächelte. „Danke, Herr Inspektor," antwortete er. „Wollen sie sich noch etwas aus dem Korb nehmen?", fragte der Inspektor. „Danke nein, Herr Inspektor. Ich habe beschlossen heute noch essen zu gehen. Bei der Ortseinfahrt ist ein kleines asiatisches Restaurant, da geh ich jetzt eine Kleinigkeit essen," sagte Fröhlich, „außerdem muss ich noch ein Sushischiffchen zurückgeben, dass ich zu Beginn der Probenzeit mit leckeren Sushis und besten Makis geholt habe." Der Inspektor zog eine Augenbraue hoch, dann lächelte er und schüttelte leicht den Kopf. Sie gaben sich nochmals die Hand und der Inspektor stieg in seinen Wagen. „Warten sie, Herr Inspektor," hörte er Fröhlich hinter sich. Als er sich umdrehte stand Fröhlich hinter ihm, den Strohhut, der schon vorne eingerissen war, in seiner Hand haltend. „Für sie." „Danke," stammelte der Inspektor verlegen, „ich werde ihn in Ehren halten." Noch einmal schauten sie sich kurz an, sie waren einander ähnlicher als sie gedacht hatten. Schließlich stieg der Inspektor in einen Wagen, zog die Türe zu und startete.

Langsam fuhr er davon. Fröhlich winkte zum Abschied.

Kurz vor dem Ende der Ortschaft stellte der Inspektor nochmals für einen Augenblick das Auto ab. Mühsam nahm er das Handy aus seiner Hosentasche und wählte die Nummer der örtlichen Polizeistation, die er seit Beginn der Ermittlungen in Sankt Magdalena eingespeichert hatte. „Polizeistation Sankt Magdalena, was kann ich für sie tun?“, hörte er eine Stimme am anderen Ende. „Ich bin es,“ sagt er mit einer Selbstverständlichkeit, „die Ermittlungen zum verschwundenen Sushischiffchen können eingestellt werden. Auch dieser Fall ist gelöst.“ Er legte auf und verstaute das Handy im Handschuhfach seines Autos, dann griff er auf den Beifahrersitz zu Fröhlichs Strohhut, den er dort abgelegt hatte. Vorsichtig, um ihn nicht noch mehr zu beschädigen, setzte er ihn schließlich auf.

Bei der Ortseinfahrt blickte der Inspektor nochmals auf das Plakat des Letzten Abendmahls mit den elf Aposteln.

„Es scheint nicht allzu vielen aufgefallen sein," sagt er halblaut zu sich selbst, dann rückte er etwas den Strohhut zurecht und beschleunigte seinen Wagen. Im Rückspiegel sah er noch einige Zeit die Häuser und schließlich nur noch den Kirchturm von Sankt Magdalena, bis auch dieser nicht mehr zu sehen war.

Printed by Amazon Italia Logistica S.r.l.
Torrazza Piemonte (TO), Italy

41452430R00159